Zu diesem Buch

Anja Meulenbelt erzählt in ihrem neuen Roman von ihrer ersten Liebe, ihrer ersten Enttäuschung: ihrer Mutter. «Können wir über unsere Mütter reden, ohne zu weinen?» fragt die Ich-Erzählerin Anja, während sie die alte Frau auf ihrem Sterbebett pflegt. Quälende Erinnerungen kommen ihr: an die Kindheit in bürgerlicher Enge, an Fremdheit und Gleichgültigkeit. Während die geschiedene Mutter einsamer und verbitterter wird, stürzt sich die Tochter in die politischen Wirren der sechziger und siebziger Jahre und geht ihren eigenen, ganz anderen Weg. Spät erst, im Angesicht des Todes, kommt es wieder zu Annäherungsversuchen zwischen Mutter und Tochter, zu Momenten von gegenseitigem Verständnis, so etwas wie Vergebung wird möglich.

«Anja Meulenbelts ‹Die Gewöhnung ans alltägliche Glück› enttäuschte oder erboste engagierte Feministinnen: eine der ihren beschrieb da nichts anderes als eine gewöhnliche Liebesbeziehung zu einem Mann. Aber auch dolle Minnas entwickeln sich weiter. Für die ‹freie Frau im Übergangsstadium des Spätpatriarchats› gibt es durchaus auch befriedigendes Zusammenleben mit einem männlichen Partner bei gegenseitiger Respektierung der Bedürfnisse nach Eigenständigkeit und Freiheit. Aus dem sicheren Hafen solcher stabilen Partnerschaft hat Anja Meulenbelt ihren neuen Roman geschrieben: er ist nicht nur als Selbstzeugnis, er ist auch als Literatur ernst zu nehmen... Auch dieses Werk ist eine ‹persönliche Erzählung›, ein autobiographischer Rechenschaftsbericht. Wie viele Feministinnen entdeckt Anja Meulenbelt, nur vierzig Jahre alt, die Wurzeln ihres Engagements in der Frauenbewegung im Konflikt mit der Mutter... ‹Hätte ich dich nur als Kind gekannt, die du nun mein Kind und meine Mutter bist›, steht als Motto über dem letzten Teil des Buches. Das Verstehen ist bereits von der Nähe des Todes überschattet. Die Tochter beginnt zu trauern um einen Menschen, den sie nicht gekannt oder den sie verkannt hat und mit dem sie doch unlösbar viel verbindet.» (Maria Frisé in der «Frankfurter Allgemeinen Zeitung»)

Anja Meulenbelt, geboren 1945 in Utrecht, studierte Sozialwissenschaften in Amsterdam, wo sie heute als Dozentin und freie Journalistin tätig ist. Sie gehört zu den Begründerinnen und führenden Kräften der holländischen Frauenbewegung. Im Rowohlt Verlag erschienen ihr Buch «Über Sexismus, Rassismus und Klassismus»: «Scheidelinien», überdies der Roman «Bewunderung»; in der Reihe der rororo-Taschenbücher liegen außerdem vor ihre «Standortbestimmung einer kritischen Feministin», «Zwischen zwei Stühlen» (Nr. 8480), und der Roman einer Liebe zwischen Mann und Frau, «Die Gewöhnung ans alltägliche Glück» (Nr. 12534), mit dem sie abermals an den Grundfesten der Emanzipation rüttelte.

Anja Meulenbelt

Ich wollte nur dein Bestes

Roman

Aus dem Niederländischen
von Silke Lange

rororo
Rowohlt

Die Originalausgabe erschien 1985 unter dem Titel
«Een kleine moeite» bei Uitgeverij Van Gennep, Amsterdam

Die Verse in diesem Buch sind «Een gedicht» von M. Vasalis entnommen, das in der 200. Ausgabe der Zeitschrift *Tirade* (1974) veröffentlicht wurde.

Veröffentlicht im Rowohlt Taschenbuch Verlag GmbH,
Reinbek bei Hamburg, Januar 1991

Umschlaggestaltung Lidwien Steenbrink
Gesamtherstellung Clausen & Bosse, Leck
Printed in Germany
780-ISBN 3 499 12866 7

Ich wollte nur dein Bestes

I

Ist es heute oder gestern, fragt meine Mutter,
reglos, gewichtslos auf ihrem weißen Bett treibend.
Immer heute, sage ich. Sie lächelt leise.

1

Ungefähr dreimal die Woche steige ich aus der Linie 10, Haltestelle Weteringplantsoen aus, um zur Arbeit zu gehen. Dabei sehe ich auf die Straße, in der ich meine ganze Jugend über gewohnt habe. Die Brauerei steht noch da, obgleich sie nicht mehr so stinkt wie früher, wenn der Wind falsch stand und meine Mutter die Wäsche noch feucht hereinholte, weil die Laken sonst nach – was war es – Hopfen und Hefe rochen. Der Spielplatz ist auch noch da. Die matschigen Pfade von damals, die durch den Park führen, mit den Regenwürmern, derentwegen ich mich, wenn es geregnet hatte, nicht auf den Spielplatz wagte, sind jetzt gepflastert. Der große Baum steht nicht mehr da. Er ist bereits, als ich dort noch wohnte, während eines Sturmes umgeknickt. Aber sonst ist beinahe alles unverändert. Auf der Weteringschans hat sich ein surinamisches Reisebüro niedergelassen. War dort früher nicht der Gemüsehändler? Das Geschäft mit den Gesundheitsschuhen ist noch da. Die Buchhandlung, in der ich nie einen Kunden sehe, auch. Ich kaufte dort meine ersten Taschenbücher, Jungmädchenromane. Der Friseur, der leidige Friseur, bei dem meine Mutter mein Haar viel zu kurz schneiden ließ, hat sein Geschäft aufgegeben. Noch jetzt fühle ich die Schauder, die meinen Rücken bis zum Steiß hinunterliefen, wenn die Haarschneidemaschine meinen Nacken berührte. Im Restaurant «de Boemerang» hängt immer noch ein Schild im Fenster: *Heute Frische Muscheln*. Ich besitze noch ein Foto von damals, als ich eineinhalb, vielleicht zwei Jahre alt war: mit Schleifen im Haar gehe ich an diesem Restaurant vorbei. Das Schild: *Wir empfehlen heute: Frische Muscheln.* Damals waren wir gerade nach Amsterdam gezogen.

Dreimal die Woche steige ich hier aus, bereits seit ungefähr zehn, zwölf Jahren, und sehe auf die Straße, in der wir lebten. Aber niemals in all den Jahren habe ich einen Umweg gemacht, um zu schauen, wie die Straße heute aussieht, oder ob die Murmellöcher noch da sind, oder ob der Weg zum Briefkasten am Ende der Straße mir noch genauso lang erscheint. Ich verbinde keine glücklichen Erinnerungen damit, so wie mit Bergen, wo meine Großmutter wohnte. Das ist immer noch ein Zufluchtsort für mich, wenn ich zu hart gearbeitet oder mich in zu viele Konflikte verstrickt habe. Aber diese Straße aus meiner Jugend – fünfzehn Jahre lang der Ort, an dem ich lebte – habe ich lange gemieden.

Ich zwinge mich, sie mir anzuschauen. In dem Haus, in dem wir wohnten, hat sich nun ein Büro niedergelassen. Natürlich kommt mir die Straße kleiner vor als damals. Jetzt kann ich auch durch die Fenster im Hochparterre in die Wohnungen hineinschauen.

Das Haus ruft eine leichte Beklemmung in mir hervor, den Wunsch, schnell wieder wegzugehen, mir ein paar neue Bücher, neue Kleider, ein schönes Essen und ein Glas Wein zu spendieren.

Anfangs wohnten wir im ersten Stock. Eine Wohnung wie viele, Wohnzimmer, Elternschlafzimmer, ein kleiner Nebenraum, in dem mein Bruder und ich in Klappbetten schliefen und eifersüchtig unser Spielzeug, das wir im eigenen Bettkasten aufbewahrten, vor der Habgier des anderen bewachten.

Das ist die Zeit, über die meine Mutter, wenn wir uns über meinen unbesonnenen Sozialismus und ihre bürgerlichen Auffassungen stritten, sagte: Wir hatten damals so gut wie nichts.

Aber ich war glücklicher als heute. Kind, glaub es mir, Geld macht auch nicht glücklich.

Es war kurz nach dem Krieg. Mein Vater hatte vor Kriegsausbruch gerade noch das Gymnasium beendet, meine Mutter das Lehrerinnenseminar, aber sie war durch die Besatzung nie dazu gekommen, ihren Beruf auszuüben. Viel zu essen hatte es im Krieg nicht gegeben. Ich war gerade erst geboren, in dem letzten strengen Winter 1945, mein Bruder ein Jahr später. Veranlagung zur Rachitis, stellte der Arzt fest, die englische Krankheit. Auf Anweisung des Arztes jeden Sommer nach Petten ans Meer, wo meine Eltern ein Haus mieteten, dessen Eigentümer solange in die Scheune zogen. Ferien am Strand waren damals noch nicht so normal wie heute. Ein paar Familien. Wer fünf Minuten weiter den Strand hinunterlief, begegnete niemand mehr. Der konnte sich dann in dem schönen weißen Sandstreifen zwischen dem Schilf und den Dünen einnisten.

Richtig arm waren wir damals schon nicht mehr, auch wenn meine Mutter es so darstellte. Wer sonst konnte schon monatelang ein Haus mieten und die «Hilfe» in die Ferien mitnehmen? Und hatten wir nicht schon sehr bald ein Auto?

Während des Wiederaufbaus nach dem Krieg florierte der Handel mit Büromaschinen. Mein Großvater hatte meinen Vater als leitenden Direktor eingestellt, und schon bald war das Geschäft zu einem Familienbetrieb mit einem großen Stab von Angestellten herangewachsen. Sollte meine Mutter jemals noch daran gedacht haben, Lehrerin zu werden, dann wurde ihr das jetzt ganz sicher ausgeredet. Als Frau eines Direktors hatte man keinen eigenen Beruf. Sie gehörte der Generation von Nachkriegsfrauen an, die von allen Seiten zu hören bekamen, daß eine gute Mutter zu Hause zu sein hatte, wenn ihre Kinder aus der Schule kamen.

Wir wurden wohlhabend. Das stelle ich im nachhinein fest, denn wie viele Kinder aus wohlbehütetem Hause kannte ich es nicht anders und dachte, das müßte so sein. Alle, die ich kannte, waren gutgekleidet, aßen sonntags im Restaurant, wo die Kinder sich fürchterlich langweilten, fuhren in großen Wagen ins Ausland in die Ferien. Als die Nachbarn unter uns nach und nach auszogen, mieteten wir ihr Stockwerk dazu. Ich bekam ein eigenes Zimmer. Ich kannte keine Kinder außerhalb der teuren Privatschule, auf die ich ging. Ich kannte die Stadt nicht, von den Vierteln der Wohlhabenden abgesehen, nur die Kalverstraat oder, besser noch, die P.C. Hooftstraat und die van Baerle. Ich kann mich nicht daran erinnern, daß mir das jemals offen gesagt wurde, aber unterschwellig wurde mir zu erkennen gegeben, mit welchen Kindern in der Straße ich nicht zu spielen hatte. Die Straße bestand aus einem guten und einem schlechten Abschnitt. Und noch Jahre später fürchtete ich mich, wenn ich mich jenseits der unsichtbaren Trennungslinien bewegte und in Arbeitervierteln landete, wo die Leute anders sprachen, als ich es gelernt hatte.

Wohlhabend, aber nicht von der Art, wo das Geld locker sitzt, denn in einem Familienbetrieb ist nie Geld übrig, es muß investiert werden. Ich höre meine Mutter noch sagen, daß das Haushaltsgeld alle sei, und ich höre die ständig wiederkehrende Antwort meines Vaters: schon wieder? bevor er seufzend sein Portemonnaie aus der Jacke holte. Der Luxus, von dem ich nicht wußte, daß es Luxus war, bis ich einen Jungen von viel niedrigerer Herkunft heiratete, war nur zum Teil für uns bestimmt. Die Pelzjacke und die goldene Uhr meiner Mutter, die Autos, die rechtzeitig gegen neue Modelle ausgetauscht wurden, und im Kino immer die teuersten Plätze. War das alles für uns, oder weil sich das für einen Direktor so gehörte?

Fußball wurde gegen Tennis eingetauscht. Irgendwo eine Frikadelle oder eine Portion Pommes frites zu essen, das ging nur noch an Orten, wo einem keine Angestellten begegnen konnten. Das war auch der Grund, so lernte ich von meinem

Vater, warum man auf die Exklusivität des Tennisclubs zu achten hatte. Denn beim Tennisspiel nannte man sich schließlich beim Vornamen, und das widersprach der Regel, daß der Direktor zwar seine Angestellten, die Angestellten aber nicht den Direktor duzen durften. Und bei jedem jungen Mann, der über unsere Schwelle trat, lautete die erste Frage: Was macht sein Vater?

Einer der ersten Artikel, die ich schrieb, anonym, handelte von meiner Mutter. Ich habe es ihr nie erzählt, auch nicht später, als sie so gern mit ihrer schreibenden Tochter angab und alle meine Bücher haben wollte, meine Artikel, jedes Interview, das ich gab. Diesen ersten Artikel: «Die Geschichte meiner Mutter, oder: Ist Frau Philips unterdrückt?» schrieb ich für eine Frauenzeitung. Es war die Zeit der «Dollen Minna» und der linken Männer, die meinten, daß nur Arbeiterfrauen Grund hätten, sich über ihr Schicksal zu beklagen. Frauen wie meine Mutter, hatten die nicht alle Vorrechte der herrschenden Klasse, mit ihren Haushaltshilfen, die die schwere Arbeit tun durften? Taten sie überhaupt etwas, diese Frauen mit ihren Kreditkonten bei den Kaufhäusern, mit ihren kleinen Einkaufsautos und ihren Tennisclubs? Als ich meine Geschichte vorlas, in einer Runde mit anderen Frauen, die ihre Geschichte auf Notizblättern mitgebracht hatten, stockte ich mittendrin. Zu meinem eigenen Erstaunen zitterten meine Hände, und unterdrückte Tränen erstickten meine Stimme. Ging das Leben meiner Mutter mir so nahe? Lies du es lieber weiter vor, sagte ich zu der Frau neben mir, und ich hörte zu und kämpfte gegen die aufsteigenden Gefühle an, neben der Stimme, die die Geschichte meiner Mutter erzählte. Die Sinnlosigkeit dieses Lebens. Die Qual der Aufopferung, nur für seine Kinder zu leben, für seine Familie, nichts wirklich für sich selbst zu machen, um dann, beinahe fünfzig Jahre alt, ausrangiert, eingetauscht, neben den Mülleimer gestellt zu werden. Sicher, gutgestellt mit Unterhaltszahlungen und mittlerweile nicht mehr in der Straße meiner Kindheit, sondern in einem hübschen Grachtenhaus, noch immer mit einer Haushaltshilfe, auch wenn es gar keine Familie mehr gab, die Dreck machte und ernährt werden wollte. Und dennoch, ist das etwa keine Unterdrückung? Ich habe sie den Artikel nie lesen lassen, denn ich schrieb nicht nur über ihre Erniedrigung, immer um Geld bitten zu müssen, nicht nur über das ewige Gejammere beim Essen, das niemals gut war, sondern auch über meinen Haß auf das Milieu, aus dem ich stammte. Ich fand meine Mutter dumm, borniert und feige. Daß sie sich das gefallen ließ! Daß sie es widerspruchslos hinnahm! Niemals würde ich wie meine Mutter werden. Und in der Eile tat ich, um wegzukommen, genau das, was so viele junge Frauen taten, in einem unüberlegten Fluchtversuch. Schwanger werden. Heiraten. Die gleiche Falle, in die auch sie gegangen war. Warum hast du das mit dir geschehen lassen, werfe ich ihr vor. Warum hast du das mit *mir* geschehen lassen? Daraus mache ich ihr einen noch größeren Vorwurf.

Das ist sie, sage ich. Ich zeige das Foto. Sie steht neben meinem Vater. In ihrer Pelzjacke, mit Hütchen, in Pose, gepanzert, versteckt hinter ihrem Lippenstift und ihrem Puder; ihre Augen sind hart, ihr Lächeln ist nicht fröhlich. Seht, sage ich, das war sie. Die junge Frau, bevor sie heiratete, verlegen und frech zugleich, blond, schön und lebenslustig. Ohne Panzer. Das war sie.

Wenn sie nicht meine Mutter gewesen wäre, hätte ich sie dann jemals kennengelernt? Wäre ich ihr begegnet, dieser Dame? Kenne ich sie wirklich, habe ich sie je gekannt?

2

Kennst du mich noch, fragt der Mann hinter der Ladentheke. Ich sehe einen Mann, der ungefähr genauso alt ist wie ich, vielleicht etwas älter. Erinnerst du dich noch daran, wo du früher wohntest, der Gemüsehändler, bei dem ihr einkauftet? Ich war der Junge, der die Bestellungen ins Haus lieferte, sagt er. Ich mußte plötzlich daran denken, als ich etwas über dich las. Meulenbelt, überlegte ich, das war doch die Familie, der ich die Einkäufe ins Haus bringen mußte. Du mußt deine Mutter einmal fragen, ob sie sich noch daran erinnert, sagt er. Kees heiße ich. Ich war immer so von deiner Mutter beeindruckt, sie war eine sehr elegante Frau, immer so gut gekleidet. Du bist, wie soll ich das sagen, ich meine es wirklich nicht böse, verstehst du, tja ... weniger chic als sie.

Meine Mutter. War sie elegant? Ich erinnere es nicht mehr. Es muß wohl so gewesen sein, überlege ich, mit ihren Schränken voller Kleider und Schuhe, mit ihrem Nie-ohne-Lippenstift-aus-dem-Haus, ihrem Jede-Woche-zum-Friseur-Gehen. Und ja, als sie so alt war wie ich jetzt, vierzig, war sie zweifellos schön. In meiner Erinnerung sehe ich jedoch ihr graues Gesicht, tagein, tagaus schlurfte sie im selben grauen Rock mit demselben grünen Pullover durchs Haus. Bis die Reinemachefrau rief: Mensch, ziehen Sie doch mal etwas anderes an, es sieht ja aus, als ob ich hier die gnädige Frau wäre. Elegant?

Eine frühere Freundin gesteht mir später, daß sie immer sehr eifersüchtig darauf war, daß ich so eine Mutter hatte. Eine richtige. Eine schöne. Eine, die zu Hause war, wenn man aus der Schule kam. Eifersüchtig, sage ich verblüfft, auf meine Mutter? Ich fand deine Mutter sehr viel interessanter, bei euch zu Hause, da wurde über Kunst und Politik gesprochen. Eben das, was ich bei meiner Großmutter suchte, die in ihrem eigenen Haus lebte, neben dem Haus eines Kunstmalers, den ich Opa nannte. Zwei Häuser in einem Garten, das, was heute *living apart together* genannt wird. Nicht so bürgerlich wie bei uns zu Hause.

Meine Mutter. Ich habe Schwierigkeiten, die Bilder zu einer Person zusammenzufügen. Die fröhliche junge Frau aus meiner frühesten Kindheit. Die verbitterte Ehefrau des Direktors. Die depressive Frau, die wie ein Opfer auf die Scheidung wartete, die früher oder später kommen würde.

Auf der Bank, in die ich – in der Hand eine Vollmacht – gehe, um Geld für sie zu holen, fragen sie, wie es ihr geht. So eine rassige Frau, sagt der Mann, der das Geld vor mir abzählt, wie merkwürdig, daß sie so krank ist. Rassig? Meine Mutter? Mit ihrem ständigen Gejammere? Wenn die Leute vom Tennisclub vorbeikommen, viel zu braun und zu gesund und zu lebendig für die gedämpfte Atmosphäre des Krankenhauszimmers, und ich eine feste Hand entgegengestreckt bekomme, sehe ich wieder einen anderen Menschen vor mir: meine Mutter im Tennisclub. Ein feiner Kerl, ein Glas Bier in der einen Hand, die Zigarette in der anderen, erzählt sie schmutzige Witze und lacht mit. Ein Mensch, den ich nicht kenne. Meine Mutter, wenn ein Mann in der Nähe ist, wenn Ernst einmal mitkommt und ihre Wangen sich röten, die koketten Gesten von früher wieder auftauchen und keine Klage über ihre Lippen kommt. Sie ist wirklich schrecklich, sage ich zu meinem Geliebten, als wir das Krankenhaus verlassen, doch ich bin gekränkt, weil sie zu ihm so nett ist. Wenn sie mit mir alleine ist, ist sie nie so nett.

Ich bin ihr ältestes Kind. Ich müßte sie kennen. Aber weiß ich, wer sie ist? Wie paßt die tapfere Frau, die im Krieg ohne Angst jüdische Kinder in Sicherheit brachte, zu der bornierten Dame von später? Wo ist das Schüchterne, Waisenkindhafte von den wenigen Fotos aus ihrer Jugend, zu denen sie selbst mit weißer Tinte die Texte schrieb. Wie paßt die Frau, die später sagte: Ich verstehe dich nicht, was willst du bloß mit den ganzen Frauen, ich kann mir wirklich ein interessanteres Gesprächsthema vorstellen, zu der Annie aus dem Lehrerinnenseminar, zu der Annie mit ihrer Busenfreundin Cathrien, immer Arm in Arm, neben ihren Fahrrädern auf der Wiese liegend, Seite um Seite nur Annie und Cathrien, Cathrien und Annie? Die Annie von damals, wie paßt sie zu der verwirrten Frau im Krankenhausbett, die ihren Blick mißtrauisch auf die Ärzte richtet, nicht leben und nicht sterben will.

3

Auf ihre Bitte hin gehe ich nach dem Krankenhausbesuch in ihr Haus, eine Gracht weiter, um nachzusehen, ob noch alles in Ordnung ist, und um ihr noch etwas mitzubringen, ihre Schecks, Taschentücher. Kein Rohrbruch? Kein Einbrecher dagewesen? Ich öffne die Eingangstür mit dem großen Schlüssel. Ich drücke. Er klemmt. Ihre Mäntel hängen im Flur, ein roter, ein gelber, ein grüner. In ihrem Schlafzimmer liegt alles so da, wie sie es hinterlassen hat. Das Bett aufgeschlagen, auf einem Tischchen daneben das Telefon, eine Lesebrille, Zigaretten, ein Stapel mit Rätselheften und Tenniszeitschriften, Bücher von Harold Robbins und Konsalik. Dazwischen ein paar meiner Bücher. Ich setze mich auf das Bett, auf die Tagesdecke, die einst glänzte und teuer war, aber nun schäbig geworden ist und an einer Ecke von einer Sicherheitsnadel zusammengehalten wird. Noch immer dasselbe Bett von damals, als sie noch verheiratet war, ein Doppelbett. Es lohnt sich nicht mehr, eine neue Tagesdecke dafür anfertigen zu lassen, das Haus steht schon lange zum Verkauf, auf dem Fenster klebt ein orangefarbener Zettel mit dieser Mitteilung. Sie will hier weg, weg aus der Innenstadt, weg von ihrer Angst vor den Hausbesetzern und den Drogensüchtigen, aber sie will vor allem nicht übers Ohr gehauen werden, und deshalb ist der verlangte Preis immer wieder zu hoch, immer der Preis, den sie im vorigen Jahr hätte bekommen können, aber jetzt nicht mehr.

Ihre Fläschchen und Dosen mit Nagellack, Haarspray und

Parfum stehen in einem Halbkreis auf dem Frisiertisch. Dahinter eine Reihe mit Fotografien, mein Bruder und ich, die Enkelkinder, nahezu das einzig Persönliche in diesem Haus voller unpersönlich glänzender Möbel. Nachdem sie lange gequengelt hatte, erlaubte ich ihr, sich eines von den Werbefotos auszusuchen, die für mein letztes Buch aufgenommen worden waren. Wie ich erwartete, wählte sie das gestellteste aus. Auf diesem schaust du wenigstens freundlich drein, nicht so streng, sagte sie. Daneben in einem schief hängenden Rahmen das vergilbte Foto ihrer Mutter, gebeugt über das warm eingepackte Baby, das sie selbst war. Ich fand dieses Foto, zerknittert und fleckig, auf einem meiner Streifzüge in meine Vergangenheit zwischen den unordentlichen Stapeln mit Fotografien von mir und meinem Bruder als Kind, in einer Schublade in dem Zimmer, wo sie die alten Sachen ihrer Mutter aufbewahrt, das heißt nicht die ihrer eigenen Mutter, sondern die der vierten Frau ihres Vaters. Solltest du das nicht mal vergrößern lassen, frage ich sie, soll ich es für dich machen lassen?

Ach warum denn, sagt sie. Ich habe sie doch nicht einmal gekannt.

Es ist doch deine Mutter, sage ich.

Was bringt es schon, so in der Vergangenheit herumzuwühlen, sagt sie.

All diese alten Dinge.

Aber einige Wochen später steht das Foto dann doch auf ihrem Frisiertisch.

Das Haus ist leer, still, noch stiller als sonst. In der Küche ist seit Jahren nicht mehr gekocht worden. Die drei Gästezimmer haben so gut wie nie einen Gast gesehen. In einem davon habe ich ein Jahr lang gewohnt, mit meinem kleinen Sohn, nach meiner Scheidung, aber das ist fast zwanzig Jahre her. Der rote Kater, der sonst auf der Suche nach Gesellschaft klagend durchs Haus miaut, ist irgendwo anders untergebracht. Vorübergehend, sagen wir, aber es ist die Frage, ob Mutter jemals in dieses Haus zurückkehren wird. Es tropft kein Wasserhahn, nirgendwo liegt Staub. Noch immer kommt die Reinmachefrau dreimal die Woche, um sauber zu machen, was bereits sauber war.

Was an Geräuschen zu hören ist, kommt von draußen. Startende Autos, Stimmen von Passanten. Dieses Mal bin ich, als ich auf dem Absatz vor der Haustür stand, ohne das bekannte Ritual hineingekommen: auf die Klingel drücken, ding, dong, das Licht im Treppenhaus geht an, die Schritte meiner Mutter auf der Treppe, ihr: Ja, ja, ich komm ja schon, ihr Gezerre, um die Tür aufzubekommen. Ihr: Tag, Liebling, und ihre mir zum Kuß entgegengestreckte Wange, während ich mich bereits auf den ersten versteckten Vorwurf gefaßt mache. Wie lange ist es her, daß du zum letztenmal hier warst? War das nicht vor Weihnachten? Niemand braucht jetzt den Ton von dem Tenniswettkampf im Fernsehen leiser zu stellen, ihr einziges Vergnügen in diesem viel zu großen Haus, das sie alleine nicht ausfüllen kann, das sie aber auch mit niemandem teilen möchte.

In der unteren Schublade, zwischen den Fotos, liegt das Tagebuch, das sie schrieb, als sie auf dem Lehrerinnenseminar war. Ein Heft mit einem grünmarmorierten, harten Umschlag. In ihrer Handschrift – es ist noch genau dieselbe wie heute – steht dort: «Meine Internatszeit in Zetten.» Sie war achtzehn. Ganz freiwillig war sie nicht dorthin gegangen. Ihr Vater, der sie nicht mehr im Haus haben wollte, hatte sie dorthin geschickt. Und sie hatte sich bereits daran gewöhnt, ein Stiefkind zu sein. Ihre eigene Mutter hatte sie nicht gekannt. Ihre Stiefmutter wollte nichts von dem kleinen Mädchen wissen. Immer wieder hat sie mir erzählt, was geschah, als ihr Halbbruder geboren wurde. Seine blonden Locken durften wachsen, ihre wurden abgeschnitten. Eifersüchtig war sie. Wenn sie ihren Halbbruder ausfahren mußte, stellte sie den Kinderwagen irgendwo ab, rannte alleine um einen Block und hoffte dann, daß ihn irgend jemand mitgenommen hätte. Und immer wieder, wenn das nicht passiert war, gab sie ihm einen Klaps, bevor sie ihn nach Hause brachte. Lügen und stehlen, das lernte sie. Es kam ihr später zugute, als sie genug davon hatte, um Haushaltsgeld zu betteln. Bevor sie die Anzüge meines Vaters zur Reinigung brachte, drehte sie alle Taschen um; sie dachte sich Tricks aus, um an Geld zu kommen; ohne es ihn wissen zu lassen, eröffnete sie ein Kreditkonto in einem Warenhaus, das zweimonatlich abgerechnet wurde, so daß sie nicht jede Woche einen kleinen Streit bekam, sondern nur einmal alle paar Monate einen Riesenkrach. Der Weg des geringsten Widerstandes, um Himmels willen bloß keine direkte Auseinandersetzung. Sie erzählt es mit einer gewissen Befriedigung, aber mit wenig Selbstrespekt.

«Ich tauge wohl zu nichts», schreibt sie etliche Male in ihr Tagebuch. «Wenn ich doch nur eine gute Lehrerin werde, dann weiß ich, wozu ich gut bin. Wenn Boy mich nur liebt, wenn es wahre Liebe ist, dann weiß ich, wozu ich gut bin. Wenn Vati nur mit meinen Noten zufrieden ist, die ich bekomme, dann weiß ich, wozu ich gut bin.» Und sie selbst, wofür lebt sie? Süßliche Bildchen von Kinderköpfen hat sie in ihr Tagebuch geklebt. Eine gute Mutter möchte sie werden, eine gute Ehefrau. Eine richtige Familie, das, was ihr selbst gefehlt hat. Ihre Kinder sollen liebevoll umsorgt werden, immer jemanden haben, der sie versteht. Sie sehnt sich nach Boy – der Mann, der mein Vater werden soll –, wenn er nicht da ist. Wenn sie ihn sieht, zweifelt sie. Fühlt sie tatsächlich etwas, liebt sie ihn wirklich? Ist es wirklich richtige Liebe? Ist es wahre Liebe, wenn sie sich vornimmt, auf einem Fest ihres Vaters, einem Geschäftsjubiläum, wegen Boy, der nicht dabei sein wird, nicht zu tanzen, und dann doch nachgibt, mit Jacques und Wim und Thijs flirtet, die immer wieder mit ihr tanzen wollen und sie fragen, ob sie schon geküßt worden sei. «Dieser Abend ist nicht gut für mich gewesen», schreibt sie. «Ich habe ein paarmal gehört, daß ich hübsch, amüsant oder niedlich sei. Ich fand das schön, ja, gib das nur zu, Annie, aber es war nicht richtig.» Voller Schuldgefühle schreibt sie an Boy. Wenn Boy sie nur genügend liebt, dann ist sie jemand.

Ihr Vater findet es nicht gut, daß sie mit einem jungen Mann verkehrt, der noch nicht einmal das Gymnasium abgeschlossen hat. Er verbietet ihr, ihn zu sehen. Sie gibt nach und schreibt ihm einen Abschiedsbrief. Boy ist verzweifelt, sagt, daß sie auf ihn warten müsse, und sie gibt wieder nach, dann also nur heimliche Treffen. Ihr Vater ist inzwischen geschieden. Er findet eine neue Frau, Kenna. Seine Tochter schickt er auf ein Pensionat, in ein Internat, wo sie zur Lehrerin ausgebildet wird. Es ist in der Nähe, und es ist billig. Sie will nicht, aber wieder einmal gibt sie nach. Sie ist einsam. Sie hat oft Bauchweh. Sie ekelt sich vor sich selbst. «Ich muß lernen, mich stärker einzufügen», schreibt sie. Es ist beinahe wörtlich derselbe Satz, den ich, als ich gerade verheiratet und genauso alt war wie sie damals, in mein Tagebuch schrieb.

Im Internat lebt sie mit Frauen zusammen. Boy ist fast eine Abstraktion geworden. Nahezu gefühllos schreibt sie von Liebe, in einer Romansprache, nicht in ihren eigenen Worten.

Richtige Aufregung und richtiger Kummer gelten ihren Freundinnen. Nini, Détje, Berta, Dientje, To. Eifersüchteleien und Verliebtheiten, die so nicht genannt werden dürfen, in der Unschuld der dreißiger Jahre. Cathrien! Cathrien findet sie am nettesten von allen Mädchen. Cathrien verläßt das Internat, ohne sich zu verabschieden, sie ist beinahe krank vor Liebeskummer, bleibt mit Bauchweh im Bett und schreibt in ihr Tagebuch: «Warum bin ich bloß so unzufrieden, ich habe doch Boy?» Aber Cathrien schreibt einen Brief und verspricht, noch einmal vorbeizukommen. «Morgen kommt Cathrien!» schreibt sie. Und als sie wieder weg ist und sie vergeblich auf einen neuen Brief wartet, ist sie tagelang niedergeschlagen. «Eigentlich ist man immer allein», schreibt sie. «Man kann sich auf niemanden verlassen.»

Sie versucht, eine neue Freundin zu finden. Aber Nini ist schon mit Reina befreundet. Immer sitzt sie in Reinas Zimmer, und obwohl die Türen nicht abgeschlossen werden dürfen, machen sie ihre nicht auf, wenn sie klopft. Bei einer der Verkleidungsparties zieht Reina einen Männeranzug an und malt sich einen Schnurrbart. Sie und Nini lassen sich als Verlobungspaar fotografieren. Alle müssen darüber lachen. Sie nicht. Als Reina zu ihren Eltern gefahren ist, geht sie mit Nini spazieren; sie schütten einander ihr Herz aus. Aber Reina kommt zurück und will ihre Freundin nicht teilen; sie wirft Annie vor, daß sie sich dazwischendränge. Nini petzt und erzählt die Geheimnisse weiter, die sie gerade gehört hat, und zusammen lachen sie Annie aus. «Nini hätte meine Freundin sein können, wenn Reina nicht gewesen wäre», schreibt sie in ihr Tagebuch. Von Nini wird sie fortan links liegengelassen, und Cathrien schreibt nicht mehr. Auch auf Frauen kann man sich nicht verlassen.

Glücklicherweise gibt es Boy noch, der sie gefragt hat, ob sie nicht ein Baby von ihm wolle. Ja, hat sie gesagt, denn nichts ist schöner, nichts ist aufrichtiger als Mutterliebe.

Ich lege das Tagebuch zurück. Zu den Fotos von meiner Trauung, die sie besser aufbewahrt hat als ich, zu den Fotos von mir und Armin als Baby. Als sie noch nicht krank war, machte es mir keine Schwierigkeiten, in ihren Sachen herumzuschnüffeln. Jetzt aber kommt es mir vor wie die Generalprobe zu ihrem Tod, als nähme ich etwas vorweg.

Ich muß ihre Tabletten noch suchen. Ich ziehe ein paar Schubladen ihres Frisiertisches auf, etwas nervös, als könnte ich dabei erwischt werden. Noch mehr Zigarettenschachteln, Kisten mit Schmuck, viel Rot, Orange, viel unechtes Gold und Glitzerkram. Ein goldenes Armband, von dem ich weiß, daß sie es gekauft hat, nachdem sie geschieden war, eine Art Protest gegen meinen Vater, von dem sie zu oft Haushaltssachen zum Geburtstag bekam und zu wenig von den Frauengeschenken, auf die sie meinte, ein Anrecht zu haben, Blumen, Pralinen, Schmuck. Hinter den Kästchen sehe ich, ganz nach hinten gestopft, noch zugeklebte Umschläge. Es stellt sich heraus, daß es Briefe ihres Hausarztes sind, mit Überweisungsscheinen für den Facharzt. Nie weitergegeben, nie geöffnet. Da sind die Tabletten. Ich lege alles möglichst wieder auf denselben Platz zurück und schließe die Schubladen.

Dreimal muß ich die Tür hinter mir zuziehen, bevor sie ins Schloß fällt. Auf der Treppe nach unten falle ich beinahe hin.

4

Die Beziehung zwischen mir und meiner Mutter war immer schmerzlich. In einem Interview – Mütter von bekannten Feministinnen – sagte sie, daß ich ein sehr fröhliches Kind gewesen wäre, ein bißchen bockig, starrköpfig, ein bißchen schnippisch, aber intelligent. «Ich fand, daß ich mich so bis ungefähr fünfzehn gut mit ihr unterhalten konnte; oft saß ich auf ihrem Bettrand, und wir plauderten gemütlich. Ich empfand sie als so selbstbewußt: sie würde sich in ihrem Leben sicher besser durchzusetzen wissen, dachte ich.» *Ich* erinnere mich an kein einziges «gutes Gespräch», wohl aber an die Streitereien, bei denen ich immer verlor. Ich erinnere mich an die nachts naßgeweinten Kissen, an die Wut, die ich hinunterschluckte, weil ich mich sonst später hätte entschuldigen müssen. In meiner Erinnerung sehe ich mich als unverstandenes Kind und als Teenager voller düsterer und wütender Gedanken. Wenn es irgendetwas gibt, das mich zum Feminismus getrieben hat, dann ist das nicht einmal der Männerhaß gewesen – der ist späteren Datums –, sondern der Haß auf die Person, die meine Mutter geworden war, und der feste Vorsatz, den ich mit so vielen der ersten Feministinnen teilte, nicht so wie sie zu werden. Die aufkommende Bewegung Anfang der sechziger Jahre, das war eine Bewegung von *Töchtern*.

Ich will mich nicht nur über meine Mutter beklagen. Sie tat, was sie konnte, was die Zeit ihr vorschrieb. Als Kinder sehen wir nicht, daß unsere Mütter nicht allmächtig sind, sondern innerhalb von Begrenzungen leben, die sie sich nicht selbst ausgesucht, sich an Regeln halten müssen, die sie nicht selbst aufgestellt haben. Ich mag keine Bücher von Schreiberlingen wie Brouwers, Büch und Ischa Meijer lesen, die ihre ganzen Neurosen und ihren ganzen Frauenhaß dem Versagen ihrer Mütter zuschreiben. Ihren Vätern vergeben, obwohl die auch nicht netter waren. Stehen bleiben auf einem Kinderstandpunkt. Männer können sich erlauben, ihren Müttern die Schuld zu geben. Ich bin selbst Mutter geworden. Habe alles falsch gemacht. Mußte eine unmögliche Aufgabe mit sich ständig widersprechenden Forderungen erfüllen. Alles wollte ich besser machen als meine Mutter, alles anders, aber wie gut ist *mir* das gelungen? Unsere Mütter, unsere erste große Liebe, unsere erste Enttäuschung. *Can you talk about your mother without crying?* lautete einmal die Überschrift eines feministischen Artikels. Ich nicht. Andere Frauen auch nicht, auch wenn sie es zuerst noch glaubten. Mama ist mir immer ein Vorbild gewesen, sagt eine Frau in einer Gruppe kühl. Eine halbe Stunde später schwimmt sie in Tränen und stampft mit den Füßen auf vor Wut, als sie sich daran erinnert, wie unfähig sie sich ihrer ruhigen Mutter gegenüber fühlte, die alles konnte, alles besser wußte, immer recht hatte.

Ich hasse sie, diese fürchterliche Person, sage ich. Ich wünsche mir, sie nachträglich noch umtauschen zu können. Gegen eine richtige. Und ich sitze da und schluchze wie ein Kleinkind über all die Male, die ich sie so vermißt habe.

In der Erinnerung meiner Mutter vollzog sich unser Bruch zu der Zeit, als ich mich mit fünfzehn Jahren in einen Jungen verliebte, mit sechzehn dann – wie sich herausstellte – schwanger wurde und mit siebzehn heiratete. Ich zog weit weg mit meiner neuen Familie, schrieb fröhliche, nichtssagende Briefe, die verschleierten, wie miserabel es mir ging, als Kind mit einem

Baby und einem Kind als Ehemann. In einem fremden Land. In einer fremden Klasse. Mit einem Kohleofen kämpfend, einem Windeleimer und zuwenig Haushaltsgeld. Ich, die an Zentralheizung gewöhnt war, daran, daß die Wäsche weggegeben wurde und daß immer Geld da war. Und als sie mich einmal in meiner neuen Wohnung besuchte und schweigend eine Dose Scheuersand nahm, um die schmutzigen Stühle sauberzumachen, hätte sie doch sehen müssen, daß es mir schlecht ging. Ich war dünn, bleich, scheu. Aber sie sagte nichts und tat nichts, wie sie schon immer vor Schwierigkeiten weggelaufen war, und ich erwartete längst nichts mehr von ihr. Denn für mich war der Bruch bereits früher dagewesen.

Als wir in einer meiner späteren Frauengruppen genügend über die Männer geschimpft hatten und auf ein Problem stießen, das bei vielen Frauen tiefer saß und schmerzlicher war, nämlich auf unsere Beziehung zu unseren Müttern, versuchte ich dahinterzukommen, was dort geschehen war. Was ich kannte, war mein Grundgefühl, von meiner Mutter als Kind im Stich gelassen worden zu sein. Ich suchte nach einem Trauma, konnte es aber nicht finden. Sie war immer dagewesen. Sie hatte – einmal verheiratet – nie von ihrem Lehrerexamen Gebrauch gemacht, unsertwegen, sagte sie, wegen meines Bruders und mir. Sie hat uns nicht oft bestraft, das überließ sie lieber meinem Vater. Sie strickte und nähte hübsche Sachen für mich oder nahm mich mit ins Kaufhaus, wo sie neue Kleider für mich aussuchte. Wenn sie einkaufen ging, brachte sie oft etwas mit: ein Kettchen, eine neue Weste. An Geburtstagen und an Weihnachten wurden wir mit Geschenken überschüttet. Und wenn sie nicht regelmäßig nach der Schule auf mich gewartet, meine Hausaufgaben schon bereitgelegt und meine Rechenaufgaben bis auf die Lösungen für mich aufgeschrieben hätte, wäre ich sicher ein- oder zweimal sitzengeblieben. Aber die ganze Zeit über hatte ich das seltsame Gefühl, daß sie all das nicht für mich tat, sondern für ihre Phantasietochter, die ich spielen sollte. Sie lebte durch mich hindurch. Sie suchte meine Kleider aus, und auch meine in gelb und blau gehaltene Zimmereinrichtung bestellte sie. Wenn ich meinen Wunschzettel nicht mit allen Einzelheiten (die Farbe, der Preis, das Geschäft) einreichte, bekam ich das, was sie schön fand, nicht das, was ich haben wollte. Mit der Mitteilung, daß ich es ja umtauschen könnte. Aber ich wußte, was passieren würde, wenn ich das tat. Gefällt es dir denn nicht? Dabei steht es dir doch so gut. Du tauschst es doch nicht etwa gegen Krempel um? Soll ich mitkommen? Ihr gequältes Gesicht. Die Erklärungen. Der gereizte Unterton voller Vorwürfe über meine Undankbarkeit. Meine prächtigen, teuren Puppen bekam ich komplett mit selbstgemachten Kleidern und hübschen Namen: Claudia, Nicoline und Joyce. Nachts im Bett entschuldigte ich mich bei meiner ersten, häßlichen Puppe, die ich selbst – nach meiner Lieblingsgroßmutter – Jet genannt hatte, für all die schicken Eindringlinge. Auch die Katze, die ich mir gewünscht hatte, um wenigstens ein liebevolles Wesen im Haus zu haben, traf komplett mit Namen ein: Kleopatra, Rufname Patsy.

Als ich aufs Gymnasium ging, organisierte meine Mutter für meine Freunde und mich einen Bridgeclub. Vielleicht, um mich vor dem ganzen Herumgehänge mit den jungen Leuten auf meinem Zimmer abzuhalten, vielleicht aber auch, um den Kontakt zu mir nicht ganz zu verlieren. Man kann sich mit jungen Leuten so gut unterhalten, sagte sie zu den anderen. Die Jungen, die kamen, fanden es toll. Zu Hause hatten sie keine Mutter, die ihnen soviel Zeit schenkte. Dort empfing man sie nicht mit Erdnüssen und so viel Cola, wie sie mochten. Sie schwärmten für meine Mutter, meine Freunde. Ein bißchen komisch fanden sie sie zwar, aber sie kamen weiterhin einmal wöchentlich und brachten ihr manchmal sogar ein Blümchen mit. Ich beschloß, Bridge nicht zu mögen und lag entweder schmollend auf meinem Bett oder zog mich mit einem Buch in mein Zimmer zurück, steckte mir die Finger in die Ohren, um das Gelächter von unten nicht zu hören, bis ich merkte, wie sie sich im Flur verabschiedeten, bevor mein Vater nach Hause kam. Auf Wiedersehen, Frau Meulenbelt, vielen Dank, und mit einem Brüllen nach oben: Tschüs, Meul, bis morgen in der Schule! Ich ging nicht mehr hinunter.

Später, beim Aufräumen der Schränke, finde ich ein Büchlein, das einer der Jungen ihr geschenkt hatte. Mit einer Widmung: Für Frau Meulenbelt, die für mich auch ein bißchen eine Mutter war.

5

O Gott, die Sonntage. Manchmal ging es gleich schief. Migräne. Bleich und leidend lag sie auf ihrem Bett. Die Gardinen mußten zugezogen sein. Wir flüsterten. Ist es dir selbst nie aufgefallen, daß es immer Sonntag war, wenn du deine Migräne hattest, frage ich sie. Sie sieht mich empört an, als ob ich sie beschuldigt hätte, simuliert zu haben. Kind, du weißt ja nicht, wie schlimm es war. Und der Arzt konnte auch nicht helfen, der sagte, es sei erblich, und ich müßte halt lernen, damit zu leben.

Erblich, daß du immer nur sonntags Kopfschmerzen bekommst?

Sie sieht mich verständnislos an.

Die Sonntage, da waren alle zusammen, dann mußte sich zeigen, daß wir die glückliche Familie waren, von der meine Mutter als Internatsschülerin geträumt hatte. Nur, auf die eine oder andere Weise wollten wir dem Bild einfach nicht entsprechen.

Manchmal stieg die Spannung nicht sofort an. Manchmal begann es gut. Dann hörte ich meinen Vater in der Küche pfeifen und Eier braten. Dafür wollte ich gern mein Buch weglegen und aus dem Bett steigen. Aber dann, dann mußten wir etwas unternehmen. Wir waren eine Familie. Eine Familie ging sonntags aus. Am liebsten hatte ich es, wenn mein Vater einfach zum Fußballspiel ging, mein Bruder und meine Mutter ihn begleiteten und ich zu Hause bleiben konnte, wieder ins Bett kriechen, lesen. Einmal war ich mitgegangen, aber angesichts der Tatsache, daß ich mich mit dem Rücken zum Fußballspiel hinsetzte, um mich über das bescheuerte Verhalten des Publikums lustig zu machen, empfand mein Vater es als Sünde, dafür teure Karten zu kaufen. Schon eine Stunde, bevor sie losgehen wollten, stieg gewöhnlich die Spannung.

Kommst du mit, oder nicht, fragte mein Vater meine Mutter. Wie immer sagte sie nicht deutlich ja oder nein.

Dann habe ich das Essen nachher nicht fertig …

Dann gehen wir eben in die Stadt essen, sagte mein Vater.

Ich hab doch noch nicht aufgeräumt.

Dann läßt du die Betten eben mal liegen.

Ich kann doch nicht so weggehen, während es hier noch wie im Schweinestall aussieht.

Willst du mit, oder nicht, fragte mein Vater, immer ungeduldiger.

Warum müssen wir auch immer zum Fußball gehen, mekkerte sie.

Hast du einen anderen Vorschlag?

Wir können doch etwas unternehmen, was uns allen Spaß macht.

Was zum Beispiel, fragte mein Vater, immer sarkastischer.

Du brauchst nicht so zu schreien, ich habe schon solche Kopfschmerzen.

Mein Vater seufzte. Schaute auf seine Uhr.

Du kannst ja sehen, sagte er, wenn du in einer Stunde fertig bist, kommst du mit, und sonst eben nicht. Aber nach einer Stunde war sie nicht fertig.

Ich gehe, rief er drohend.

Ich bin gleich soweit, rief sie aus dem Schlafzimmer oder aus meinem Zimmer, wo sie sich mit mir stritt, weil sie meinte, daß ich aus meinem Bett aufgestanden und angezogen sein müßte, bevor sie aus dem Haus gehen konnte.

Wenn er wartete, bis sie endlich die Treppe hinunterkam, waren sie zu spät dran und bekamen Streit.

Wenn er wütend und dennoch zu spät alleine zur Tür hinausging und sie mit einem Knall hinter sich zuschlug, war es auch schlecht. Auch Streit. Aber selten hatten sie eine erleichternde, lautstarke Auseinandersetzung. Stille. Leiden. Migräne. Ich las viel in der Zeit.

Ich haßte sie, weil sie vor meinem Vater kapitulierte. Die Tricks, die sie anwandte, um ihm Geld zu stibitzen, anstatt sich offen mit ihm auseinanderzusetzen. Kapitulation, die sie auch mir nahezulegen versuchte. Kind, sei doch die Klügere. Männer sind wie kleine Kinder. Man muß ihnen ihren Willen lassen. Ich haßte sie wegen ihres typisch weiblichen Widerstandes: ihre Depressionen, ihre Migränen, ihr Leiden. Ich haßte den Terror, den sie im Haus ausübte. In ihrem Haus. Nichts gehörte mir. Mein Zimmer nicht. Mein Schrank nicht. Meine Sachen nicht. Meine Basteleien und Bilder nicht. Schmierereien sagte sie dazu, und oft genug fiel mir, wenn ich in der Schule saß, mit Schrecken ein, daß ich etwas zu verstecken vergessen hatte, eine kleine Puppe, ein selbstgebasteltes Buch, und dann rannte ich nach der Schule nach Hause, um es gerade noch rechtzeitig aus dem Mülleimer fischen zu können.

Warum hast du das weggeschmissen, schrie ich sie in der Küche an, wo sie stand und Essen kochte, Essen, das mir nie schmeckte.

Woher soll ich wissen, daß es kein Müll ist, schrie sie.

Das kannst du mich fragen, brüllte ich zurück.

Darauf kann ich nicht warten, erwiderte sie. Dann mußt du eben lernen, deinen Kram aufzuräumen.

Es ist mein Zimmer, schrie ich.

In meinem Haus, schrie sie zurück.

Ich verlor immer. Ich lernte, alles, was mir lieb war, so weit wie möglich von ihr fernzuhalten. Und nicht nur meine Sachen. Auch meine Gedanken, meine Gefühle. Und vielleicht haßte ich sie am meisten deshalb, weil sie das nicht einmal merkte.

Oh, sicher rächte ich mich. Wie ein Kind das tun kann, eine Tochter. Über das Essen. Mir schmeckte nichts. Die Ekelsuppe mit den glibberigen Klümpchen nicht. Das matschige Endiviengemüse nicht. Meinem Bruder beinahe nichts. Die erste Frage meines Vaters, wenn er nach Hause kam: Was essen wir heute? Schon wieder? Das Jammern meiner Mutter, daß man uns es nie recht machen könne, dem einen schmecke dies nicht, dem anderen jenes. Und wenn es dann einmal etwas gab, das wir alle runterkriegten, dann bekamen wir es immer wieder vorgesetzt. Den künstlichen roten Instantpudding, der gerade neu auf dem Markt war, bis er uns zur Nase wieder herauskam und wir ihn uns – immer wenn einer gerade mal nicht hinsah – gegenseitig in großen Klumpen in die Schalen schmuggelten. Meine Mutter gequält: Ich dachte, daß ihr das nun wenigstens mal lecker findet. Mein Vater: Aber nicht jeden Tag, Annie. Sie nahm ihrerseits Rache. Selbst das Essen, das allen schmeckte, konnte sie verderben. Die Beefsteaks wurden zu zähen, geschmacklosen Lappen, die Pommes waren pappig und der Salat – zu sauer und mit Zwiebeln, die mich zum Würgen brachten – war unter ihren Händen bereits verwelkt.

Wie muß es sie gekränkt haben, wenn ich bei Oma Jet in Bergen mit von dem Spaziergang durch die Dünen geröteten Wangen dasaß und Gurkensalat, selbsgemachtes Apfelmus, Hackbällchen und gebackene Kartoffeln aß. Hier kriegt das Kind wenigstens mal wieder was auf die Rippen, sagte Oma wohlwollend. Ich sah, wie meine Mutter in sich zusammenfiel.

Ich war es denn auch, die als Zehnjährige die ersten Abwandlungen des üblichen holländischen Kartoffel-Gemüse-Fleisch-Einerleis einführte. Fisch mit Käse? fragte mein Vater zweifelnd und stocherte mit seiner Gabel auf dem Teller herum. Aber weil ich es gemacht hatte und nicht meine Mutter, schob er es nicht weg. Lecker, sagte er. Hast du dir das selbst ausgedacht oder ist es aus einem Kochbuch? Ich strahlte, triumphierend. Ich hatte es geschafft, meinem Vater ein Lob zu entlocken. Ich schon!

[illegible]

[illegible]

[illegible]

II

Sie sucht – es ist ein SOS –
ihre Herkunft und ihr Sein als Kind,
und niemand, niemand findet sie –
so, wie sie war.

6

Bloß weg, dachte ich. Raus aus dem Elternhaus, in dem meine Eltern nicht glücklich miteinander waren und ich auch nicht. Und schnurstracks lief ich in mein Unglück, das sich von dem meiner Mutter in nichts unterschied. Aber wie sie niemals mit mir offen darüber gesprochen hatte, wie unglücklich sie war – das tut man seinen Kindern nicht an –, hütete ich mich nun davor, mit meinem verpfuschten Leben bei ihr anzukommen.

Als meine Eltern sich scheiden ließen, das heißt, als mein Vater sich neu verheiraten wollte, kümmerte mich das kaum. Ich war viel zu beschäftigt damit, mein eigenes Leben im Gleichgewicht zu halten, mein chaotisches Leben mit einem Kleinkind und unglücklichen Liebesgeschichten. Hättet ihr viel früher machen sollen, sagte ich, als ich erfuhr, daß sie auseinandergingen. Ich fand es überflüssig, Partei zu ergreifen. Ich gönnte meinem Vater ein fröhlicheres Leben, eine weniger nörgelige Gefährtin, eine, die sich für seine Arbeit interessierte, Spaß daran hatte, Freunde zu Besuch zu haben, eine mit Humor und ohne Migräne.

Und meine Mutter? Der geht es besser ohne ihn, dachte ich, und das war auch das, was sie sagte. Aber wie hoffnungslos depressiv sie war, das merkte ich nicht. Hatte sie es sich nicht selbst zu verdanken, daß sie jetzt nichts zu tun hatte, nicht wußte, wer sie war, was sie konnte, wofür sie lebte? Das würde *mir* jedenfalls nicht passieren, dachte ich, während ich mich auf das Studium stürzte, auf die Politik, auf die neu entstehende

Frauenbewegung. Ich wollte sowenig wie möglich mit ihr zu tun haben, als ob ihr Schicksal ansteckend wäre, als ob ich auch so werden würde wie sie, wenn ich ihr zu nahe käme.

Ich sah meine Eltern nicht oft. Alle paar Monate besuchte ich sie Sonntag nachmittags, entweder meinen Vater und seine neue Frau oder meine Mutter. Diese Besuche fielen mir nicht leicht. Ich wußte ungefähr, was meine Eltern über mich dachten, und das war bestimmt nicht das Beste. Meinen Sozialismus betrachteten sie als Ablehnung ihres Lebensstils, und damit hatten sie nicht unrecht. In meinem Feminismus sah meine Mutter eine Kritik an ihrem Leben. Auch das stimmte. Ich lebte damals in einer Wohngemeinschaft. Meine Mutter hat mich dort einmal besucht. Ich sehe noch, wie sie ohne nachzudenken die Couch abwischt, bevor sie sich hinsetzt, und wie sie nach einem Blick auf die Ansammlung von Tassen mit Rissen, alle ohne Henkel und keine zwei gleich, das Angebot einer Tasse Tee ausschlägt. Die Handtasche auf ihrem Schoß, die sie mit ihren Händen festhält, die Knie zusammengepreßt, sitzt sie mit geradem Rücken auf dem Couchrand. Als ob sie Angst hätte, daß etwas Ansteckendes in der Luft hinge. Bereit zur Flucht.

Aber sie sagte nichts. Fürchtete sich vor einem neuen Streit. Hatte Angst davor, glaube ich, daß alles, was sie über meinen Sohn sagen würde, der natürlich in den dreckigsten Sachen, die er nur finden konnte, hereingestapft kam, von mir als Kritik an meiner Erziehung aufgefaßt werden würde und ihr einen haßerfüllten Blick und eine bissige Bemerkung über ihre Erziehungsmethoden einbrächte. Als ob die so erfolgreich gewesen wären. So blieb vieles ungesagt.

Nach diesem einen Besuch in der Wohngemeinschaft kam sie nicht mehr. Einmal alle paar Monate rief ich sie aus Pflichtgefühl an und verabredete mich mit ihr. Sonntag nachmittags. Ich rauchte zuviel und trank zuviel von dem Sherry, den sie mir servierte. Fieberhaftes Nachdenken, worüber wir reden könnten. Siehst du den Freund noch, von dem du mir das letzte Mal erzählt hast, fragt sie vorsichtig. Nein, sage ich, das ist aus. Stille. Ich füge nicht hinzu, daß es vorbei ist, weil er verheiratet war. Ich erzähle ihr auch nicht, daß ich jetzt ein Verhältnis mit einer Frau habe. Sie kommt später dahinter, als ihr jemand erzählt, in «Sekstant» einen Artikel gelesen zu haben: Das ist doch deine Tochter, oder? Ist sie etwa lesbisch geworden? Mir sagt sie nicht, daß sie es erfahren hat, beleidigt, daß ich es ihr nicht selbst erzählt habe, und erleichtert, daß sie nun so tun kann, als ob sie es nicht wüßte. Auch das noch. Und was soll bloß aus meinem Sohn werden.

Stille. Ich starre aus dem Fenster. Wie geht es mit Armin in der Schule, fragt sie, und hofft, damit ein neutrales Gesprächsthema gefunden zu haben. Geht so, sage ich. Ich bleibe wahrscheinlich sitzen, sagt mein Sohn grinsend. Sie seufzt. Ich kann sehen, was sie denkt. Womit habe ich das verdient. Was habe ich falsch gemacht? Aber sie sagt nichts. Und ich auch nicht. Nach ungefähr zwei Stunden bin ich todmüde und möchte nach Hause. Ich habe Kopfschmerzen von dem ständigen Dialog, der in meinem Kopf abläuft, sobald ich ihr gegenübersitze. Sie zeigt kein Bedauern, als ich gehe. Und doch wird sie jedesmal, wenn ich mich dazu überwinden kann, sie wieder zu besuchen, sagen: Wann warst du das letzte Mal hier, war das vor drei oder vier Monaten? Vorwurfsvoll.

Als ich «Die Scham ist vorbei» schrieb, dachte ich dabei kaum an meine Eltern. Ich erwartete nicht, daß das Buch eine große Leserschaft finden würde. Wer sollte sich schon für mein chaotisches Leben interessieren, für meine Abenteuer in linken Gruppen, meine Kette von unglücklichen Liebschaften? Doch nicht mehr Leute als die kleine Gruppe großstädtischer Linker und Feministinnen. Dachte ich. Und falls sie es in die Hand bekamen, ach. Sollten sie doch zusehen, was sie dann damit anfingen. Ich hatte genug davon, um gut Wetter zu bitten. Es wäre mir nur recht gewesen, von diesen quälenden Sonntagsbesuchen erlöst zu werden, endlich einmal ein kräftiger Krach, der die Luft reinigen würde. Entweder sie nehmen mich wie ich bin, dachte ich, oder eben nicht.

Von meinem Vater habe ich seitdem nichts mehr gehört. Als ob ich nie existiert hätte. Meine Mutter ging anders vor.

Ich erschrecke jedesmal, wenn sie anruft; sie ruft so selten an, wartet lieber, bis ich mich melde. Wenn sie es einmal tut, dann gibt es einen Grund. Sie sagt: Ich habe dein Buch gelesen. Oh, sage ich, während sich meine Kehle zusammenschnürt und ich den Wunsch bekomme, den Hörer auf die Gabel zu schmeißen, oh.

Kann ich vorbeikommen und mit dir darüber reden?

Äh, ja, sage ich, wann?

Jetzt, sagt sie. Ich kann in zehn Minuten bei dir sein. Das geht, sage ich. Ich habe nur nicht soviel Zeit, in ungefähr eineinhalb Stunden kommt jemand vorbei, lüge ich. Und rufe, als ich den Hörer aufgelegt habe, schwitzend einen Freund an, der mich nach einer Stunde retten soll. Ich kriege gleich einen fürchterlichen Krach mit meiner Mutter, sage ich. Sie hat mein Buch gelesen. Sie kommt vorbei. Kommst du bestimmt nicht später als halb sieben?

Sie steht auf dem Absatz vor der Tür, mit einer Flasche Sherry unter dem Arm. Ich lasse sie herein, nehme ihr die Pelzjacke ab, sehe ihr nicht ins Gesicht. Klingle mit den Sherrygläsern. Als ich mit den Gläsern in der Hand vor ihr stehe, setzt sie sich auf die Couch. Bestürzt sehe ich, daß sie sofort zu weinen anfängt. Wie lange ist es her, daß ich sie habe weinen sehen? Jahre, Jahre. Ich stehe unbeholfen daneben. Bei jedem anderen hätte ich gewußt, was zu tun ist, den Arm um sie oder ihn legen, eine Hand aufs Knie, ein Taschentuch, aber nicht bei meiner Mutter. Ich setze mich vor ihr auf den Boden, schenke zitternd die Gläser voll und warte, bis sie etwas sagen wird.

Kind, sagt sie, wenn ich das alles gewußt hätte, warum hast du es mir denn nie gesagt? Ich habe angefangen, dein Buch zu lesen, eine Frau aus dem Tennisclub machte eine Bemerkung darüber, ich wußte nicht einmal, daß du das Buch geschrieben hast, ich konnte ihr doch schlecht sagen, daß ich es nicht gelesen habe, daß ich nicht einmal wußte, daß meine Tochter ein Buch geschrieben hat. Nach den ersten Seiten habe ich es in die Ecke geschmissen, ich dachte: So war es nicht, so war es nicht, so kann es nicht gewesen sein. Dann habe ich es wieder aufgehoben und weitergelesen. Heute nacht um vier Uhr hatte ich es durch. Ich hätte dich am liebsten sofort angerufen, aber ich traute mich nicht. Und in Bruchstücken kommt ihre Geschichte hervor, die sie mir nie erzählt hat. Der Anfang einer Reihe von Gesprächen, Versuche, einander wirklich etwas zu sagen. Ausräumen von jahrelangen Mißverständnissen und Ignoranz.

Ich war mir seit jeher sicher, ein Betriebsunfall gewesen zu sein. Ich fühlte mich so: unerwünscht. Diese Vermutung bestätigte sich, als ein Freund eine Weile beim Einwohnermeldeamt arbeitete und auf das Heiratsdatum meiner Eltern stieß. Jawohl, meine Mutter war bereits mehrere Monate lang schwanger, als sie heirateten. Ich erzählte ihr nicht, daß ich das wußte. Ihren Hochzeitstag feierten sie nie. Ich hatte die Absicht, sie an ihrem fünfundzwanzigsten Hochzeitstag mit einem großen Blumenstrauß zu überraschen. Aber als dieses Datum da war, hatten sie sich endlich scheiden lassen, und die Idee kam mir plötzlich wie ein schlechter Scherz vor.

Wie kannst du nur denken, daß du kein Wunschkind gewesen bist, weint meine Mutter auf der Couch. Ich wollte dich so sehr, ich war so stolz auf dich, ich habe dich so bewußt gewollt. Jeder sagte, ich sei verrückt, schwanger zu werden, solange wir noch im Untergrund saßen. Wir waren nicht verheiratet, hatten kaum etwas zu essen. Sie sagten: Du bist zu schmal gebaut, es wird eine schwierige Entbindung. Wir haben keinen Arzt, du kannst nicht einmal ins Krankenhaus. Aber wir wußten, daß der Krieg bald vorbei sein würde, und dann hätte dein Vater vielleicht in Indonesien kämpfen müssen. Ich dachte, dann bleibe ich allein zurück und habe nichts, niemanden. Es störte mich nicht, daß es gefährlich war und wir dann wieder einmal den Aufenthaltsort wechseln mußten – ich wollte ein Kind. Und nun sagst du in deinem Buch, daß du ein Betriebsunfall gewesen seist.

Sie sieht mich an, meine Mutter. Ihr Gesicht ist fleckig. Du mußt mir etwas versprechen, sagt sie. Wenn du noch einmal ein Buch schreibst, in dem ich vorkomme, wirst du dann sagen, daß es nicht stimmte, daß ich dich wirklich gewollt habe?

Ich verspreche es.

7

Natürlich muß ich dich geliebt haben. Es geht gar nicht anders, du bist meine erste große Liebe gewesen. Ich kann mich zwar nicht an die Momente erinnern, als ich zu dir hingekrabbelt bin, nicht daran, daß ich dich schön fand, daß mir dein Geruch gefiel, aber es muß sie gegeben haben. Wenn ich die Fotos aus meiner Kinderzeit betrachte – ein hübsches Mädchen mit blonden Locken und Apfelbäckchen –, empfinde ich nichts von der Schwere später. Ein fröhliches Kind. Eine liebevolle Mutter, so wie sie mich hält. Und hast du mich nicht unzählige Male fotografiert, am Strand von Petten, mit der altmodischen schwarzen Boxkamera, ganze Stapel von Fotografien finde ich später noch. Das kleine Mädchen, das ich war: nackt in den Wellen oder mit einem gestrickten Badeanzug, von dem ich die Farben noch weiß, Blau mit etwas Rosé, und auch noch, wie er kratzte, wenn er naß war. Schleifen in meinem Haar. Und im selbstgenähten Anzug mit einer grünen Jacke und einem grünen Barett in dem kleinen Park an der Weteringschans, oder vor dem Restaurant «de Boemerang». Eine Geburtstagsfeier, das Mädchen, das ich einmal gewesen bin, sitzt da in einem Kleid, auf das du stundenlang mit Pailletten ein Herzchen gestickt hattest.

Aber ich lernte schon früh, dir nicht zu vertrauen. Oh, die beschämenden Szenen, wenn du anderen Leuten lachend erzähltest, wie du mich zum Narren gehalten hast. Ich lache dich nicht aus, ich lache über dich, sagtest du. Noch jahrelang habe ich mir anhören müssen, wie es dir gelungen ist, mich mit Spinat zu füttern, indem du ihm einen anderen Namen gegeben hast, Tanips. Und ich weiß ganz genau, daß ich niemals, niemals freiwillig etwas von dem grünen Matsch gegessen habe, den du mir vorsetztest, wie immer du ihn auch nanntest. Aber du wußtest genau, daß du mich überlistet hattest. Die Späße, die du mit mir triebst. Später wußtest du nichts mehr davon. Das eine Mal, als du angeblich die Polizei angerufen hattest, um mich abholen zu lassen, weil ich aus Neugier eine Tüte Pfeffer aufgemacht und sie über der Spüle ausgeschüttet hatte. Lachend erzähltest du anderen Leuten, wie ich meine Tasche und meine Puppe genommen und die Tränen unterdrückt hätte, weil ich wirklich glaubte, daß die Polizei mich holen würde. Ich traute es dir zu.

Das andere Mal, als du mich zur Drogerie schicktest, wegen «einer Schachtel Zigarren». Tampax meintest du, aber davon verstand ich damals noch nichts. Der Drogist schickte mich wieder weg. Wir verkaufen hier keine Zigarren, sagte er, lauf mal zu deiner Mutter und frag sie, was sie meint. Aber an seinem spöttischen Blick erkannte ich, daß er etwas wußte, was ich nicht wußte. Während sie mir nach meiner Rückkehr zuhört, bricht sie in schallendes Gelächter aus. Dummes Mädchen, ich habe doch keine Zigarren haben wollen, lauf mal schnell zurück, eine Schachtel Tampax brauche ich. Aber ich war bereits in mein Zimmer gerannt und weigerte mich, länger bei diesen Erwachsenenspielchen mitzumachen, von denen ich nichts verstand. Ihr Geflirte mit den Ladenbesitzern, bei dem ich nicht dabeisein wollte, wie ich mich auch abwandte, während sie beim Schlachter stand und kicherte, wenn er Würstchen für sie machte, wie ich mich auch später immer noch schämen sollte, wenn sie – nach einem Glas Bier zuviel – schmutzige Witze erzählte, sie, die andere so leichtfertig als «ordinär» abtat.

Ich vertraute dir nicht, auch wenn ich weiterhin versuchte, deine Liebe zu gewinnen. Zeichnungen schenkte ich dir. Wirklich schön, sagtest du. Einen Tag später fand ich sie im Papierkorb. Ich töpferte Aschenbecher aus Ton, und später – auf der Mittelschule – zeichnete ich Bilder für dich, die eine Weile auf der Anrichte standen, um dann irgendwann auf mysteriöse Weise zu verschwinden. Meine Tochter ist künstlerisch sehr begabt, erzähltest du später anderen Leuten. Aber als du tot warst, fand ich nichts mehr vor. Alles hattest du weggeworfen.

Fast alles. In einer Pappschachtel finde ich alle meine alten Briefe wieder, aus der Zeit, als ich frisch verheiratet war. Du solltest nicht merken, wie schrecklich unglücklich ich war, und ich schrieb Plauderbriefe, die Armins neuesten Sprachschatz enthielten, kleine Berichte über komische Begebenheiten, die mir als junger Mutter von noch nicht einmal neunzehn Jahren in einem fremden Land widerfuhren. Ich habe die Briefe nicht mehr, die du mir zurückschriebst. Sind sie bei einem meiner Umzüge abhanden gekommen oder habe ich sie weggeworfen?

Du brachtest mir bei, mich anzupassen. Später sagtest du, daß du mich schon als Kind bewundert hättest, weil ich mich traute, meinem Vater zu widersprechen, es wagte, mich zu wehren. Genau das, wozu du nicht den Mut hattest. Aber ich mußte es immer allein machen. Und natürlich verlor ich, genau wie du. Als Teenager dann war nur noch wenig übrig von dem Hitzkopf, dem Querkopf, dem Trotzkopf von früher. Ihr habt es mir auch wirklich nicht leichtgemacht, sagt meine Mutter. Du und dein Bruder. Ihr wart wie Hund und Katze, ständig habt ihr euch geprügelt. Ich ließ euch dann zwar in Ruhe, ich konnte ja doch nichts dagegen machen, aber ich sah wohl, wie das ablief. Er ärgerte dich, und du piesacktest ihn dann so lange zurück – du hast ja immer noch eine scharfe Zunge –, bis er sich nicht mehr beherrschen konnte und über dich herfiel. Und dann kämpftest du auch noch unfairer als er, du zogst ihn an den Haaren, und einmal hast du ihm sogar das ganze Gesicht zerkratzt.

In der Schule hat er dann gesagt, es sei ein Unfall gewesen, sagt sie, war das nicht nett von ihm?

Ich glaube, daß es eher ein guter Abgang für einen Jungen gewesen ist, der gegen seine Schwester verloren hat, sage ich.

Trotzdem war es nett von ihm, sagt meine Mutter. Aber einmal hat er dich dann wirklich besiegt, sagt sie. Ich kam zu euch ins Zimmer, und da saß er auf dir. Danach habt ihr nie wieder gekämpft. Ich seufzte. Ich habe diese Geschichte wohl schon zehn-, zwanzigmal hören müssen. Kunststück, sage ich, nach so vielen Jahren immer noch ärgerlich, damals war ich krank!

Aber nein, sagt sie.

Gibt es denn keine angenehmen Erinnerungen?

Wir sitzen uns an einem Tisch in einem Restaurant in der Nähe der Leidsestraat gegenüber und versuchen, unsere gemeinsame Geschichte zu rekonstruieren. Wir suchen nach irgend etwas, nach einem Stück einer gemeinsamen Erinnerung, nach einer Erfahrung, die wir teilen.

Die Samstagabende, sagst du. Da steckte ich euch in die Badewanne, dich und deinen Bruder, und trocknete euch dann ab, auf der Anrichte. Ihr saht dann so schön rosig aus und rocht nach Seife. Ich gab euch dann immer ein Küßchen auf den Po, bevor die Pyjamas angezogen wurden und wir uns zu viert vors Radio setzten. «Das Showboot», erinnerst du dich noch daran? Und die «Familie Durchschnitt»? Später, als wir einen Fernseher bekamen, war es lange nicht mehr so schön, da saßen dann alle schweigend da und starrten in die gleiche Richtung.

Sie sieht mich hoffnungsvoll an.

Ja, sage ich, daran erinnere ich mich noch gut. Und an Sonntag morgens, wenn wir uns ein Schüsselchen Süßigkeiten holen durften, weil ihr noch nicht aufstehen wolltet, und dann später der Geruch von gebratenen Eiern mit Speck.

Ja, sagt sie. Damals hatte dein Vater ja auch manchmal noch gute Laune. Wir hatten doch auch unsere guten Augenblicke als Familie?

Ja, sage ich, das stimmt.

8

Sie läßt nicht locker. Nach dem erstenmal, als sie mit einer Flasche Sherry vor meiner Tür stand und kurze Zeit später auf meiner Couch saß und weinte, kommt sie wieder auf «Die Scham ist vorbei» zurück, wieder und wieder. Sie hat es bei sich, hat Zettelchen zu den Passagen gesteckt, über die sie reden will.

Da stand etwas, sagt sie, etwas darüber, daß es so schwer gewesen wäre, mit mir zu reden. Sie setzt ihre Lesebrille auf, blättert, läßt das Buch aus den Händen fallen. Ich kann es nicht mehr finden, sagt sie, aber was meintest du mit schwer? Ich dachte, wir konnten uns immer so gut unterhalten. Ich habe darüber stundenlang wach gelegen. Wie kann das nur angehen, überlegte ich mir, daß ich geglaubt habe, du wärst ein fröhliches Kind gewesen, und jetzt schreibst du, daß du unglücklich warst, als ob wir immer Krach gehabt hätten. Und daß ich dich im Stich gelassen hätte, steht irgendwo. Aber wieso habe ich dich denn im Stich gelassen? Wo ich dich doch so sehr haben wollte und mir vorgenommen hatte, daß *meine* Kinder nicht zu kurz kommen sollten. Ich wollte nicht so sein wie meine Eltern, meine Mutter, die gestorben ist, mein Vater, dem ich eigentlich immer eine Last war, meine Stiefmutter, die mich nicht bei sich haben wollte. Das habe ich euch ersparen wollen. Ich bin doch für euch zu Hause geblieben. Ich war doch fast immer da, wenn ihr aus der Schule kamt. Die paarmal, als ich spät nach Hause kam, Dienstag nachmittag, wenn ich in der

Stadt gewesen bin und ihr böse wart, weil du pinkeln mußtest und vor der Tür standest und darauf wartetest, hineinzukommen, das meinst du doch, nicht? Die wenigen Male?

Sie sieht mich an, ihre grauen Augen direkt auf mein Gesicht gerichtet. Ihr Gesicht ist fleckig.

Warum sagst du denn, daß du als Kind unglücklich warst?

Sie starrt mich über ihren Teller hinweg an, die Gabel in der Hand erhoben. Sie ißt kaum etwas. Wir kommen eigentlich auch nicht zum Essen hierher, sondern um unsere Reihe mühsamer Gespräche fortzusetzen. Ich mache das lieber in einem Restaurant, wo die peinliche Stille leichter ausgefüllt werden kann, und wo es einfacher ist, nach dem Kaffee aufzustehen und sie nach Hause zu bringen. Wenn wir uns bei mir zu Hause treffen, bleibt sie immer länger da, als ich es ertrage. Ich werde todmüde von diesen Gesprächen. Sie auch, erzählt sie mir später.

Ich versuche darüber nachzudenken, wie ich ihr das beibringen soll. Wie kann ich es ausdrücken, ohne sie von neuem zu quälen, zu beschuldigen. Dein Essen wird kalt, sage ich. Ich mag nicht mehr, sagt sie und schiebt es beiseite, iß du es lieber. Und ich esse auch noch ihren Teller leer. Pochierter Lachs, den ich für sie ausgesucht habe, weil es nur ein kleiner Happen ist. Sie ißt so gut wie nichts. Im nachhinein betrachtet muß sie damals schon krank gewesen sein.

In meiner Erinnerung sehe ich dich nur als fröhliches Kind. So selbstsicher, so bestimmt. Du konntest dich besser gegen deinen Vater wehren als ich. Eigensinnig warst du, und manchmal sogar ein richtiger Trotzkopf. Meiner Meinung nach warst du nicht unglücklich, drängt sie mich. Was habe ich denn falsch gemacht, du mußt es mir sagen.

Aber als ich dazu ansetze, zögernd nach den richtigen Worten suche, wie unverstanden ich mich fühlte, wie wenig umsorgt, wenn sie sich in eine ihrer Depressionen zurückgezogen hatte, in ihre Migräne, in ihr Leiden, unterbricht sie mich schon nach wenigen Sätzen. Sie kann es nicht hören, sie will es nicht hören. Hat sie nicht beinahe ihr ganzes Leben für ihre Mutterschaft geopfert, für ihre Versuche, eine richtige Familie zu gründen? Hat sie dafür nicht alles aufgegeben? Wollte sie mir nicht gerade das geben, was sie selbst nie besessen hat? All die Kleider. Regelmäßig strickte sie neue, wundervolle Westen und Pullover für mich. Wenn sie Dienstag nachmittags aus der Stadt kam, brachte sie mir oft neue Sachen mit. Manchmal mußte ich sie auch begleiten. Mir war dieses Ritual peinlich. Dieses hier will ich, sagte ich, wenn ich ein Kleid anhatte, das ich richtig schön fand, aber damit war die Sache noch lange nicht erledigt. Hast du vielleicht gesehen, wie teuer das ist, fragte sie. Hatte ich nicht gesehen. Findest du das andere denn nicht schöner? Nein, das fand ich nicht schöner. Willst du das andere denn nicht wenigstens mal anprobieren? Nein. Laute Gespräche mit der Verkäuferin, als ob jeder hören sollte, was sie für ihre Tochter übrig hatte. Ich muß ja verrückt sein, bei so einer Göre. In ein paar Monaten ist sie aus den Sachen wieder herausgewachsen. Ich schaue inzwischen in die andere Richtung. Na ja, meinetwegen, sagte sie. Ich durfte das Kleid wieder ausziehen, und während wir zur Kasse gingen, sagte meine Mutter: Willst du dich nicht bei mir bedanken? Freust du dich denn nicht darüber? Vielen Dank, Mama, sagte ich.

Wie soll ich ihr erklären, daß ich nie das Gefühl hatte, daß es wirklich für mich war, sondern daß ich eine Rolle zu spielen hatte in ihren Bemühungen, uns wie eine richtige Familie wirken zu lassen? Ich kam mir vor wie eine Anziehpuppe. «Meine Kinder sollen nicht zu kurz kommen.» Was ich denn gewollt hätte? Weniger Geschenke? Daß sie nicht auf mich gewartet hätte, um mir bei den Hausaufgaben zu helfen, wenn ich nach Hause kam? Hätte ich mich weniger im Stich gelassen gefühlt, wenn sie eine Mutter gewesen wäre wie die meiner Freundinnen, die sich darüber beklagten, daß ihre

Mütter nie zu Hause waren? Hätte sie es denn überhaupt richtig machen können?

Ich schaue sie an, wie sie dasitzt und darauf wartet, von mir zu hören, was sie falsch gemacht hat. Woran sie bei ihren Versuchen, jeden glücklich zu machen, mir zu geben, was sie selbst nie gehabt hat, gescheitert ist. Sie hat sich immer überflüssig gefühlt, und das zu Recht. Und wo sie sich so angestrengt hat, mir das zu geben, was sie selbst nie gehabt hat, soll ich ihr Vorwürfe machen? Ist sie nicht schon genug bestraft worden, als sie, hoch in den Vierzigern, beiseite geschoben wurde und einer jüngeren und lebenslustigeren Frau Platz machen mußte. Tat sie nicht genau das, was sich nach dem Krieg für sie gehörte? Ihre Arbeit aufgeben für die Karriere ihres Mannes?

Sagten nicht alle Wissenschaftler und alle populären Frauenblätter damals, daß man seine Arbeit für die Kinder aufgeben müßte? Und was hat sie übrigbehalten von den zwanzig, beinahe fünfundzwanzig Jahren, die sie dafür hergegeben hat? Einen Exmann, mit dem sie sich um den Unterhalt und den Besitz des Hauses streitet. Zwei undankbare Kinder, die seufzend bei ihr vorbeikommen, weil man diese Person ja nun einmal alle paar Monate besuchen muß. Nein, sie hat nicht viel zurückbekommen.

Mama, sage ich. Ich weiß, daß du getan hast, was du konntest. Sie sieht mich mißtrauisch an. Sie weiß nicht, ob ich es wirklich ernst meine. Und wenn ich es ernst meine, ist das alles? Ich suche nach Worten. Ich weiß, daß du unseretwegen nicht gearbeitet hast, sage ich. Und wenn du mir nicht bei den Hausaufgaben geholfen hättest, dann wäre ich sicher sitzengeblieben, sage ich lahm, wenig überzeugend. Ich schenke ihr noch einmal Wein nach, mir selbst auch. Ich nehme eine von ihren teuren Zigaretten mit goldenem Mundstück. Ich dachte, du würdest nicht mehr rauchen, sagt sie. Ich rauche auch nicht mehr, sage ich, nur noch ab und zu. Es fällt mir wirklich sehr schwer, dir das zu erklären, sage ich. Ach komm, sagt sie, du bist doch Schriftstellerin, du kannst doch alles so gut ausdrücken. Da steht es, hier, schwer, schreibst du. Was war denn so schwer? Was habe ich nicht richtig gemacht? Nun will ich es auch genau wissen.

Soll ich ihr von all den Malen erzählen, wo sie mich auf der Toilette eingesperrt hat, im Dunkeln, obwohl ich in Panik geriet, wenn es nicht hell war. Ich weiß, daß sie sich daran nicht einmal mehr erinnert. Soll ich von ihren blöden Erziehungsmethoden sprechen, mit denen sie meinen Bruder und mich gegeneinander aufhetzte? Wenn er nicht ins Bett gemacht hatte, bekam auch ich einen Groschen. Und so stand ich also morgens früh wie eine kleine Hexe neben seinem Bett, um zu kontrollieren, ob er trocken geblieben war. Kein Wunder, daß er mich haßte und wir uns den größten Teil unserer Jugend wie Hund und Katze prügelten. Aber waren das nicht die üblichen Erziehungsmethoden der damaligen Zeit? Nein, die wirkliche Kränkung sitzt tiefer.

Das Erbe unserer Mutter ist die Kapitulation, welche Feministin hat das geschrieben? Kapitulation, das ist genau das, was du mir vermittelt hast. Untergeordnet bis zur Selbstaufgabe hast du dich, du hast deinen Willen aufgegeben, bis von dir nur noch die depressive, leidende und klagende Frau übrigblieb, das ist es, was ich dir am meisten übelnehme. Immer hast du meinem Vater nachgegeben. Ich versuche, Worte dafür zu finden.

Du hast dich selbst aufgegeben, nicht?

Ja, sagt sie, seit ungefähr meinem dreißigsten Lebensjahr hatte ich keine eigene Meinung mehr. Falls ich doch eine hatte, bekamen wir immer Streit, dein Vater und ich. Ich bin von Hause aus nur Streit gewöhnt, mit meiner Stiefmutter. Manchmal flog uns das Geschirr um die Ohren. Bei deinem Vater zu

Hause verstanden sie auch etwas davon. Ich habe meine eigene Meinung aufgegeben, um des lieben Friedens willen. Für euch. Anders wäre es nicht auszuhalten gewesen.

Weißt du, sagt sie, ich weiß nicht, wie ich es nennen soll, wenn ich sehr unglücklich war, dann kam ein kleiner Engel vorbei, und der knipste dann den Draht durch, dann fühlte ich nichts mehr. Kennst du das, sagt sie, und schaut mich erwartungsvoll an, auf etwas Gemeinsames hoffend, darauf, daß ich es begreifen würde. Aber nein, ich kenne dieses Gefühl nicht, im Gegenteil. Wie gerne hätte ich ab und zu ein Engelchen gehabt, das den Draht durchgeknipst hätte, wenn ich mich zum Beispiel in zu viele und zu starke Gefühle verstrickt hatte. Andere Leute werden dann zu Alkoholikern, nehmen Drogen oder haben eben ein Engelchen. Bei mir schien alles, was ich auch versuchte, den Schmerz nur noch zu verstärken. Ein Fabrikationsfehler, sage ich in meiner Gesprächsgruppe, mir fehlt ein Thermostat, ich kann meine Gefühle nicht kleiner stellen.

Aber meine Mutter, das begriff ich später, konnte das sehr gut. Sie stellte den Knopf auf Aus, wenn sie es nicht mehr ertragen konnte. Und sie konnte es oft nicht mehr ertragen. In der Erinnerung anderer Leute ist sie die tatkräftige Person, die charmante Frau. In meiner Erinnerung sehe ich sie niedergeschlagen und abwesend. Sobald sie fürchtete, wieder einen Migräneanfall zu bekommen – und das war eine Zeitlang beinahe täglich –, schluckte sie Unmengen an Schmerzmitteln. Ich sehe die Schublade noch vor mir, in der sie die Schachteln mit Optalidon, die sie hamsterte, aufbewahrte, aus Angst, daß es sie bald nicht mehr geben würde, und nicht ganz zu Unrecht, denn sie wurden aus dem Handel gezogen. Hast du dir mit diesem Zeug damals bereits deinen Darm und deinen Magen ruiniert?

Du warst nicht glücklich, das habe ich gesehen. Aber du hattest dir fest vorgenommen, es dir nicht anmerken und uns darunter nicht leiden zu lassen. Ich kann mich noch gut an die Streitereien aus der Zeit erinnern, als ich noch sehr klein war, an das Gebrüll im Schlafzimmer und an den Weinkrampf, der dann folgte, und bei dem ich verlegen daneben stand. Damals schien es noch so, als ob du Gefühle hättest, als ob du lebtest. Später nicht mehr. Später liefst du wie eine lebendige Tote durch das Haus und machtest zwanghaft die Hausarbeit, in deinem grauen Rock und deinem grünen Pullover. Montags das Badezimmer und die Treppen. Dienstags die Kinderzimmer. Mittwochs das Eßzimmer und die Küche. Wie ein Roboter. Und die ganze Zeit über schimpftest du auf die Unordnung, die alle machten. Mechanisch und lieblos kochtest du das Essen, das niemand dankbar aufaß. Die Schränke waren voll mit Putzmitteln, Möbelwachs und Bleichwasser, als ob immer noch Krieg wäre und du einen Vorrat anlegen müßtest. Du warst ständig am Putzen, sagte ich später, manchmal kam ich mir selbst schon wie ein Fettfleck vor, wie Dreck, als stünde ich dir nur im Wege und wäre eine Last für dich.

Sie sieht mich erstaunt an.

Ich habe die Hausarbeit gehaßt, sagt sie. Ich habe sie doch nur für euch gemacht. Ich hatte so einen Widerwillen dagegen, die einzige Art, wie ich damit fertig wurde, war, mich genau an dieses Schema zu halten. Und dann das Gemeckere übers Essen. Seit dem Tag meiner Scheidung habe ich nie wieder gekocht. Nie mehr.

Ich habe schon gesehen, daß du nicht glücklich warst, sage ich zu ihr. Kannst du dir vorstellen, wie unheimlich es für Kinder ist, eine Mutter zu haben, die immer unglücklich ist? Sie sieht mich an. Ich habe mich so angestrengt, es euch nicht merken zu lassen, sagt sie, nicht zu weinen, wenn ihr dabei wart. Ich erinnere mich noch an das eine Mal, als ich mich mit deinem Vater gestritten habe – wir hatten oft Krach am Anfang. Er gab mir eine Ohrfeige. Ich fiel hin. Und du standst auf der Couch und hast getanzt. Und da bin ich aufgestanden und habe mit dir getanzt und so getan, als wäre das Ganze ein Spiel gewesen. Kannst du dich daran noch erinnern?

Ich schüttele den Kopf.

Warum habt ihr euch nicht schon früher scheiden lassen, frage ich sie. Hast du nie daran gedacht?

Einmal war ich kurz davor abzuhauen, sagt sie. Eine gute Freundin sagte damals zu mir, nimm doch deine Tochter und geh. Ich war damals verliebt, sagt sie und errötet dabei. Ein sehr witziger Mann, ich konnte viel mit ihm lachen. Der hätte mich so genommen, mit Kind und allem. Aber dann stellte sich heraus, daß ich wieder schwanger war. Und die Freundin emigrierte, die habe ich nicht mehr gesehen. Ich traute mich nicht, ich dachte, ich dürfte das nicht tun. Nicht nach all den Scheidungen, die ich erlebt hatte. Die Eltern deines Vaters waren geschieden. Ich fand es für die Kinder so schlimm. Ich wollte es euch nicht antun. Damals habe ich beschlossen, es auszuhalten.

Und dann kam das Engelchen und knipste den Draht durch, sage ich. Ja, sagt sie. So war das. Und dann fühlte ich nichts mehr.

Ich schweige und sehe sie an. Über den Tisch hinweg, diese Dame, die meine Mutter ist. Noch immer finde ich es schwer, den Abstand zwischen uns zu überbrücken. Ich lege meine Hand auf die ihre.

Ich glaube, daß ich alles falsch gemacht habe, flüstert sie.

Nein, sage ich, jetzt ist es doch gut.

Ja, fragt sie, ist das so?

Wir können doch wieder miteinander reden, sage ich.

Sie nickt. Putzt ihre Nase.

Würden Sie mir bitte die Rechnung bringen, fragt sie den Ober, jetzt wieder mit ihrer Damenstimme. Läßt sich in ihre Pelzjacke helfen. Freundliche Bedienung hier, sagt sie, als wir draußen sind. Habe ich extra für dich ausgesucht, sage ich, diese netten jungen Männer. Ich dachte mir, daß sie dir gefallen würden.

Ich hake mich bei ihr unter und bringe sie nach Hause.

Man sieht aber, daß es Schwuchteln sind, sagt sie.

Oh, Mutter.

Vor ihrer Haustür fragt sie: Wartest du dieses Mal nicht wieder so lange, bis du mich anrufst? Sonst denke ich wieder, daß es nicht wahr ist, daß wir nun doch wieder ein bißchen Freundinnen sein können?

Ich warte nicht zu lange, sage ich. Aber du kannst mich doch auch jederzeit anrufen. Das fällt mir immer noch nicht so leicht, sagt sie.

9

Als ich schwanger war, hatte meine Mutter es eher spitz als ich. Ich wußte überhaupt nichts. Du warst so verliebt, sagt meine Mutter, noch immer mit Zärtlichkeit in den Augen. War es so?

Kann ich mich trotz des Elends dieser Ehe noch daran erinnern, daß ich verliebt war? Es wird wohl so gewesen sein. Es waren romantische Ferien. An einem der österreichischen Seen. Die ersten Gläser Wein zum Essen. Ich war fünfzehn. Aus dem häßlichen Mädchen mit den staksigen Beinen und den strähnigen Haaren war ein Teenager geworden, der auf dem Foto zumindest den Charme einer Fünfzehnjährigen hat: ein blonder Pferdeschwanz, eine Taille, die man mit zwei Händen umfassen konnte, und junge Brüste. Ich genoß die Aufmerksamkeit, die ich damit erweckte, ich fand es spannend festzustellen, daß mir die Jungen nachsahen, wenn ich in meinem Bikini ins Wasser ging. Aber vielleicht fand meine Mutter es ja noch spannender als ich. Sie war es jedenfalls, die darauf drang, daß der junge Mann, der sich in seinen Versuchen, mir hinterherzuschwimmen, um mich dann im Schilf in der Falle zu haben, am ausdauerndsten erwies, sich bei meinen Eltern vorstellte. Und sie war es, die mir vorschlug, ihn doch zu fragen, ob er uns nicht für eine Woche in Amsterdam besuchen kommen wollte, nachdem wir schon mehrere Monate lang einen ungelenken Briefwechsel führten. Ich erinnere mich, daß er mich enttäuschte, der junge Mann, der mit seinen athletischen Schultern in Österreich auf mich Eindruck gemacht hatte und jetzt – wie sich zeigte – kleiner war als in meinen Tagträumen, schlechter gekleidet mit seiner etwas zu kurzen Hose, ungeschickt. Es war leichter, aus der Ferne in ihn verliebt zu sein und auf seine Briefe voller Klischees zu warten, als jetzt, da er vor mir stand und ich eigentlich nicht wußte, was ich mit ihm anfangen sollte. War ich eigentlich überhaupt noch verliebt? Meine Mutter meinte, ja. Du warst schon sehr sexy als junges Ding, sagt sie, du hattest Schlafzimmeraugen. Ich? Ich versuchte, mich noch gegen die aufdringlichen sexuellen Annäherungen zu wehren, sexy fühlte ich mich nun ganz und gar nicht. Begehrt ja, und das war auch schön. Ich fühlte mich groß, erwachsen, und es war schon etwas, in der Klasse die erste zu sein mit sexuellen Erfahrungen. Meine Mutter machte es ihm nicht schwer mit seinen Avancen. Im Gegenteil. Bevor er zum zweitenmal nach Amsterdam kam, versuchte sie mir Unterricht in Geburtenregelung zu geben. Erzählte mir etwas über gefährliche und ungefährliche Tage. Mensch, rief ich verwirrt, damit habe ich doch überhaupt noch nichts zu tun, aber sie sagte, man kann nie wissen. Und als mein Liebhaber wieder da war, schickte sie ihn morgens in mein Zimmer, um mich zu wecken. Sagte nichts, als es Stunden dauerte, bis wir nach unten kamen, er betreten, ich verlegen. Begriff sofort, daß «es» passiert war und fragte ihn mit Tränen in den Augen, ob er mich auch wirklich liebe. Und trotzte danach meinem Vater, der schon ahnte, daß der Gast nicht in seinem Zimmer lag, sondern nachts über den Flur schlich, in Richtung meines Bettes, wo ich in dem von meiner Mutter gekauften Babydoll lag.

Einige Monate später war mir morgens übel. Am nächsten Tag wieder. Unschuldig wie ich war, glaubte ich, daß ich eine Art Grippe hätte. Meine Mutter schleppte mich zum Hausarzt. Nach der Untersuchung wurde ich ins Wartezimmer geschickt, während der Arzt – ein altmodischer Patriarch – meiner Mutter mitteilte, daß ich schwanger wäre. Während ich noch versuchte, mir darüber klar zu werden, was das bedeutete, war meine Mutter bereits damit beschäftigt, alles zu regeln. Ich weiß noch, daß ich eine Abtreibung wollte und daß meine Mutter einen einzigen Versuch unternahm, eine befreundete Krankenschwester nach den Möglichkeiten zu fragen.

Sie kam nach Hause zurück mit der Mitteilung, daß es nicht ginge, daß der bewußte Arzt es nicht mehr mache. Jetzt später kann sie sich nicht mehr daran erinnern, daß wir überhaupt über eine Abtreibung gesprochen hatten. Du warst so verliebt, sagt sie noch einmal, und dann wolltest du das Kind so gerne.

Sie führte die Gespräche mit der Schule, wo ich gerade in der Abiturklasse saß. Ich müßte abgehen, sagte der Direktor, ich wäre ein schlechtes Vorbild für die anderen Mädchen. Sie regelte alles mit dem Gynäkologen für mich, die Schwangerschaftsgymnastik. Schrieb dem Erzeuger einen Brief, daß geheiratet werden müßte, nahm Kontakt zu seinen Eltern auf. Richtete das Hochzeitsfest – ein stilles Ereignis im kleinen Kreise – aus, schleppte mich zu P. C. Hooft, um ein Kostüm und schwarze Lackschuhe zu kaufen. Ich brauchte lediglich noch ja zu sagen.

In ihrem Haus, in dem ich wohnen bleiben sollte, bis mein Zukünftiger eine Stelle hätte und ich mit dem Kind nachkommen könnte, begann sich die Aussteuer zu stapeln. Windeln in modischen Pastellfarben, Nabelbänder – was ist das, Mama, fragte ich. Rasseln, Beißringe, Fläschchen, eine Wiege, ein Kinderwagen, Babyseife, Babyöl, Babypuder. Ich starrte auf die Stapel, fand es gut, daß ein Nebenraum pastellfarben gestrichen wurde und versuchte mir klar zu werden, daß es alles wahr war.

Wie betäubt, als stünde ich unter dem Einfluß von Drogen, saß ich mit meinem dicken Bauch in einem Stuhl und versuchte, ein paar Lätzchen zu häkeln, mich zu fühlen, wie ich glaubte, daß sich eine zukünftige Mutter zu fühlen hätte. Aber

Handarbeit war nie meine Stärke gewesen, und die schiefen Lappen rutschten in eine Spalte zwischen die Stapel mit den nach neuer Baumwolle duftenden Babysachen, die meine Mutter bereits angeschafft hatte. Ich ließ sie dort liegen.

Sie mußten meine Mutter beinahe mit Gewalt aus dem Kreißsaal entfernen, sie wollte dabeibleiben. Kümmerte sich auch ständig um das Baby, selbst als ich schon zurück war, hatte ihn bereits gewindelt, wenn ich gerade nachsehen wollte. Machte Fotos und ließ sich mit dem Kleinen auf dem Arm fotografieren. Einmal erwachte ich aus der Betäubung und schlug Krach. Ich weiß nicht mehr, worum es ging. Ich weiß nur noch, daß ich über dem Treppengeländer von meinem Dachgeschoß hing – meine Mutter stand unten – und schrie: Es ist mein Kind, es ist mein Kind, nicht deins. Meine Mutter war tödlich beleidigt und sprach tagelang nicht mit mir, bis ich sie um Entschuldigung bat. Daß ich so was zu ihr sagte, nach allem, was sie für mich getan hätte.

Jetzt, nach einigen Gesprächen, fange ich an, etwas von dem, was damals geschehen ist, zu verstehen. Fange an zu erkennen, wie sehr sie versucht hat, durch mich einen Teil ihrer eigenen Geschichte noch einmal zu erleben. Wie eine Löwin hat sie seinerzeit darum gekämpft, ein Kind bekommen zu dürfen, gegen alle Ratschläge, gegen die Zweifel meines Vaters, ob es nun wirklich vernünftig sei, ein Kind zu zeugen, während sie noch im Untergrund saßen. Flaschenweise hat sie Tomatensaft gehamstert, um mich ernähren zu können, und Milchpulverpäckchen. Sie war davon überzeugt, daß ich mein Kind genauso gern wollte wie sie damals das ihre, und es sollte nur ja niemand versuchen, dem zu widersprechen, der zukünftige Vater nicht, und auch nicht seine Eltern, die zweifelten, ob ihr gerade volljährig gewordener Sohn sofort eine Ehe eingehen sollte. Mein Vater nicht, der das Ganze mit Scham und Mißbilligung beobachtet hatte. Niemand. Und ich sollte es nicht so schwer haben wie sie damals, meinem Kind sollte nichts fehlen.

Durch mich hindurch gelebt, so nannte ich das später. Ihre Träume hatte sie auf mich projiziert, sie versuchte, ihre alten Sehnsüchte in mir in Erfüllung gehen zu lassen. Ein wenig verschmitzt beichtete sie mir später, daß sie nach ihrer Scheidung allein in Urlaub gefahren wäre, an denselben See, wo wir damals noch als Familie gewesen waren. Und daß sie eine kurze Zeitlang einen Geliebten gehabt hätte. Mit demselben Vornamen wie mein jugendlicher Ehemann und mit der gleichen Nationalität. Und beinahe gleich alt. Ist das kein Zufall, sagt sie zu mir mit einem Augenzwinkern, und dann, trauriger: Ich mußte es beenden. In meinem Alter geht das nicht mehr. Nicht mit einem so jungen Burschen.

10

In der schwierigsten Phase unseres Lebens waren wir einander keine Hilfe. Ich habe dir nie erzählt, wie einsam ich gewesen bin, sagt sie. Ich dir auch nicht, sage ich. Ich habe dir verschwiegen, wie unglücklich ich in meiner Ehe war, mit meinem jungen Ehemann, der in seinem Elternhaus nur eine einzige Reaktion gelernt hatte, wenn er einen Zustand nicht mehr ertragen konnte, nämlich das Prügeln. Und dem Leben eines verantwortlichen Familienvaters, der das Geld für Frau und Kind verdiente, war er – gerade volljährig – absolut nicht gewachsen.

Wir waren gestrandet, irgendwo in Frankreich, wo er glaubte, Geld mit Pferdewetten verdienen zu können. Ich war krank geworden, das Geld war alle. Dann also zurück in die Niederlande, lautete der Entschluß, sehen, ob wir dort nicht irgendwo eine kleine Wohnung ergattern und auf die eine oder andere Weise zu Geld kommen können. Meine Eltern fanden es richtig, daß wir so lange, bis er Arbeit gefunden hätte, in die leerstehenden Gästezimmer zogen. Aber von Herzen kam das alles nicht. Mein Ehemann unternahm keine Anstalten, wirklich zu arbeiten oder eine Ausbildung zu machen und verschwand, nachdem er den Tag über auf dem Bett gelegen hatte, abends zu seinen undurchsichtigen Verabredungen. Ich wußte, daß er in ein Café ging, wo man auf Pferde wetten konnte, und daß er dort mit irgendwelchen Figuren aus der Halbwelt Kontakt hatte; meine Eltern vermuteten das nur. Ich fühlte sehr wohl ihre Verachtung und zog mich mit meinem gerade zweijährigen Sohn auf mein Zimmerchen zurück. Weg von meinen Eltern, die sich in alles einmischten, weg von den gutgemeinten, aber undurchführbaren Ratschlägen. Aber an einem bestimmten Punkt war das Maß voll. Einmal waren wir – mein Teenagerehemann und ich – im Kino gewesen. Armin schlief bereits, als wir weggingen. Seinen Topf hatte ich in eine Ecke des Bettchens gestellt, für den Fall, daß er aufwachen sollte. Er hatte gerade gelernt, was er mit seinem Töpfchen machen mußte. Anscheinend war er auch wach geworden und hatte sich daraufgesetzt. Aber als meine Eltern hochkamen, um nachzuschauen, war er gerade dabei, das ganze Bett und sich selbst mit Kacke einzuschmieren. Alles Reden war sinnlos, es folgte nur noch ein unverständliches Hin-und-her-Gekeife über die Treppe: Asozial, Gesindel, und am nächsten Morgen überbrachte uns meine Mutter das Ultimatum, das mein Vater uns gestellt hatte: Der Junge müßte innerhalb einer Woche Arbeit haben, andernfalls sollten wir ausziehen.

Wir zogen aus. Zogen ohne Wohngenehmigung in ein Zimmer, das in einer Gasse im Jordaan lag, wo ich die trostloseste Zeit meines Lebens verbringen sollte: depressiv bis zur Selbstmordgefährdung, menschenscheu, Angst, auf die Straße zu gehen, Alpträume. Ein Zustand, der monatelang anhielt und in meiner Erinnerung zu einem Bild zusammengeschmolzen ist: dem des Regens, der gegen die Brandmauer prasselte, auf die der Blick durch das einzige Fenster fiel, und dem Geruch des qualmenden Petroleumofens.

Ich wußte wohl, daß es dir nicht gutging, sagt meine Mutter. Ich sah auch, daß du es vor mir zu verbergen versuchtest. Ja, sagt sie, und lacht jetzt kurz, das hast du ja schließlich nicht von irgendwem, nicht? Ich habe ja auch immer vor dir verborgen, wie schlecht es mir ging. Aber wie schlimm es war, das begriff ich erst, als ich dein Buch las. Wenn du nur wüßtest, was für Vorwürfe ich mir jetzt mache, weil ich nichts getan habe. Ich wußte nicht einmal, wo ihr wohntet, aber auf der Straße habe ich mich immer umgeschaut, ob ich dich vielleicht sehe.

Sie beginnt zu weinen.

Ich hätte dich nicht gehen lassen dürfen. Aber dein Vater wollte es nicht mehr, und ich kam nicht gegen ihn an.

Und dann kam ein Engelchen, und das knipste den Draht durch, und dann fühltest du nichts mehr, sage ich.

Ja, sagt sie. So war das. Wenn man doch nichts ändern kann, dann ist es doch besser, wenn man wenigstens nichts fühlt, oder?

Aber du warst mir auch keine Hilfe, als ich Schwierigkeiten hatte, sagt sie nun.

Ich nicke.

Bist du nie auf den Gedanken gekommen, mich zu fragen, wie es mir ging, nachdem ich geschieden war, fragt sie.

Nein, sage ich. Ich kam nicht auf den Gedanken. Du hast mich nie um Hilfe gebeten, nie.

Als ich endlich geschieden war, zog ich wieder für ein paar Monate bei ihnen ein, in ihr neues Haus an der Gracht, auf den Dachboden, zusammen mit Armin. Noch tagelang war ich ängstlich, vor allem als mein Exmann mir drohte, mich entweder umzubringen oder seinen Sohn ins Ausland mitzunehmen, wo ich ihn nie mehr finden würde. Aber täglich bekam ich wieder mehr Zutrauen zu mir, wagte mich weiter auf die Straße, traute mich wieder, Leute anzusprechen, die ich nicht kannte, und mit Leuten von früher Kontakt aufzunehmen. Ein alter Freund, der während der Schulzeit in mich verliebt gewesen war, besuchte mich. Ein verlegener Junge, das Gegenteil von Armins Vater. Unter den besorgten Blicken meiner und seiner Eltern bauten wir vorsichtig eine Beziehung auf. Seine Eltern waren dagegen, was sollte ihr Sohn mit einem Mädchen, das schon vor seinem einundzwanzigsten Lebensjahr ein Kind hatte und die erste Scheidung bereits hinter sich. Meine Eltern waren auch dagegen. Wie an Strohhalmen hielten wir uns aneinander fest, er und ich. Er hörte zu trinken auf und brachte Armin – vorne auf dem Rad – in den Kindergarten. Nachdem ich ihm über seine Verlegenheit hinweggeholfen hatte und wir vorsichtig, als müßten wir alles erst erfinden, gegenseitig unsere Körper zu erkunden begannen, lernte ich, daß es auch schön sein kann, sich zu lieben.

Weißt du noch, als Jonas mich besuchte, und ich wieder vorsichtig eine neue Beziehung anfing?

Ja, sagt sie. Ich hatte solche Angst, daß du wieder einen Fehler machen würdest. Der Junge hatte noch nicht einmal die Schule beendet und trank bereits. Ich dachte, o Gott, o Gott, nur nicht noch eine solche Geschichte, ich habe mir so gewünscht, daß du glücklich werden würdest, und Jonas war ... so ein Weichling.

Jonas war ein Schatz, sage ich. Er war lieb. Mit ihm zusammen habe ich auch lieben gelernt. Und er war verrückt nach Armin. Aber später ist es doch wieder schiefgegangen, verteidigt sie sich, ich konnte doch sehen, daß es nicht gutgehen würde, er war dir einfach unterlegen. Ich wollte dich vor einer neuen Enttäuschung bewahren.

Das habe ich gemerkt, sage ich. Erinnerst du dich noch daran, was du gemacht hast, als er einmal mit in mein Zimmer oben in deinem Haus gegangen ist? Wir hatten Armin in sein Bettchen gelegt und waren gerade dabei, vorsichtig ein bißchen zu schmusen, er war verlegen, ich noch etwas ängstlich, da kamst du die Treppe hinauf und schriest: Es ist zwölf Uhr, der Junge muß nach Hause, das ist hier kein Bordell.

Nein, sagt meine Mutter erschrocken, nein, das ist nicht wahr, das habe ich nicht gesagt. Stimmt das wirklich?

Ich lache. Doch, doch, sage ich, diese Worte sind mir unvergeßlich geblieben. Die hätte ich mir nicht ausdenken können.

Glaubst du, daß es wieder gut mit uns wird, fragt meine Mutter draußen. Es geht doch gut mit uns, sage ich. Dir geht es doch viel besser als früher, jetzt, wo du alleine wohnst. Und mir, mir geht es auch gut. Und wir reden doch, wir sprechen mehr miteinander als jemals zuvor in unserem ganzen bisherigen Leben. Dann gib mir doch deinen Arm, sagt sie, aber du darfst nicht so schnell gehen. Du schlägst wirklich sehr nach deinem Vater.

11

Im Tennisclub meinte jemand scherzhaft: Diese Feministin, das ist doch nicht etwa Ihre Tochter?

Ihre Augen funkeln.

Als ich ja sagte, wollte er es zuerst nicht glauben. Na ja, sagte er, das sollte man gar nicht meinen, von Ihnen hat sie es jedenfalls nicht. Daraufhin sagte ich: Junger Mann, passen Sie bloß auf, Sie wissen ja überhaupt nicht, wie feministisch ich bin. Sie lacht mir zu, verschwörerisch.

Früher war ihr mein Feminismus unheimlich. Sie fand es schrecklich, daß ich auch eine von diesen verbitterten, säuerlichen, männerhassenden Typen werden würde. Und natürlich hatte sie auch das Gefühl, daß es ihre Schuld war. Wenn sie nur diese üble Ehe von mir verhindert hätte, wenn mein zweiter ein bißchen mehr ein richtiger Mann gewesen wäre und nicht so ein Weichling ... Natürlich hatte ich nur wegen all dieser schlechten Erfahrungen eine Beziehung mit einer Frau angefangen. Meine Freundin, so stellte sich heraus, gefiel ihr, das schon. So ... nett. Eigentlich ganz normal. Auch eine mit Kindern. Vielleicht ist es ja auch verständlich, meint sie, wenn Frauen, die schlechte Erfahrungen mit Männern gemacht haben, sich zusammentun. Und als ich nach Jahren wieder mit einem Mann ankomme, ist sie beinahe etwas enttäuscht. Sie hatte sich gerade daran gewöhnt. Bekam Spaß daran, anderen Leuten, die ihre Witze über Lesben rissen, lässig zu sagen: Meine Tochter ist auch eine. Etwas dagegen?

Es ist ja gar nicht so schlimm mit mir, nicht so schlimm, wie sie gedacht hatte. Armin zeigt in der Schule die üblichen Leistungen, und er ist nicht drogenabhängig. Und wenn sie sieht, wie wir, Mutter und Sohn, miteinander umgehen, dann schmerzt es sie, daß ich das mit ihr nicht gekonnt habe, dieses Kameradschaftliche, diese Blödeleien untereinander. Sie wird sogar ein bißchen stolz auf mich.

Einmal ist sie in eine Bahnhofsbuchhandlung hineingegangen, in der sie sonst ihre Konsaliks kauft, hat festgestellt, daß der Stapel mit «Die Scham ist vorbei» nach hinten geschoben worden war, und als niemand hinsah, hat sie die Stapel ausgetauscht, so daß mein Buch wieder vorne lag. Sie ist auch stolz darauf, daß das Buch im Fernsehen besprochen wurde. Ich war auch zufrieden damit, aber aus anderen Gründen. Es war eine Frau aus der Arbeiterklasse, die erzählte, was das Buch ihr gegeben hatte, und ich fühlte mich geehrt und aufgewertet, weil es mir gelungen war, ein Buch zu schreiben, das auch von Leuten gelesen wird, denen Bücher sonst nicht viel bedeuten.

Hätten sie das nun nicht ein bißchen ... Meine Mutter sucht nach dem richtigen Wort, denn sie sieht, daß meine Augen schon wieder funkeln: Hätten sie das nun nicht ein bißchen niveauvoller machen können, fragt sie. Wieso, Niveau? frage ich. Na ja, sagt sie, nicht mit so einer, die Platt spricht, als ob sie nicht genügend Geld für jemanden ausgeben wollten, der ordentlich Niederländisch spricht. Jeder kann doch anständig Niederländisch sprechen, wenn er sich ein bißchen anstrengt, verteidigt sie sich mit einem Blick auf mein Gesicht.

Aber nun sucht sie nach den Übereinstimmungen zwischen uns, sie hat das Bedürfnis nach Vertrauen. Nach einer Bindung, von der sie dachte, daß sie zwischen uns seit meiner Kindheit bestünde, und von der ich jetzt sage, daß sie nur in ihrem Kopf bestand. Der Feminismus – der gefällt ihr immer besser. Das heißt, ihre Version von Feminismus. Es beginnt damit, daß ich sie bitte, mehr über ihre Ehe mit meinem Vater zu erzählen. Nicht weil ich das so gerne hören möchte. Sondern weil ich sehe, wieviel Kraft es sie kostet, ihren ganzen Kummer für sich zu behalten; wie oft sitzt sie mit zusammengekniffenen Lippen da, die Hände vor dem Bauch gefaltet. Magenschmerzen. Sie hat sich gedemütigt gefühlt, als er nach über zwanzig Jahren Ehe mit einer jüngeren Frau das Weite suchte, aber sie hat ihre Verbitterung hinuntergeschluckt, ihre Einsamkeit geleugnet. Ihre damalige Reinmachefrau weiß noch, wie depressiv sie war. Ich springe in die Gracht, hat sie einmal gesagt. Ach Mensch, Sie können doch schwimmen, antwortete die Putzfrau im Versuch, das Ganze ins Lächerliche zu ziehen.

Ich dachte immer, daß du für deinen Vater Partei ergreifen würdest, sagt sie. Du ähnelst mehr deinem Vater, du bist genauso starrköpfig, genauso kritisch ... Aber dann brechen die Gefühle aus ihr hervor, die großen und kleinen Demütigungen, ihr verbissener Kampf um das Haus, in dem sie noch wohnt, die Kämpfe um ihr Terrain: Ich lasse mich nicht aus dem Tennisclub verjagen. Soll er doch abhauen mit seiner ...

Es scheint sie zu erleichtern. Sie bestellt sich noch ein Bier, und leicht beschwipst, mit geröteten Wangen, redet sie weiter über all das, was man ihr angetan hat in ihrem Leben, ihr Vater, ihr Ehemann. Vor der Couch, auf der sie sitzt, läuft ein Käfer über meinen Teppich. Männer, sagt sie übermütig und höhnisch, Männer, und zerquetscht den Käfer mit ihrem Bierglas. Mir wird ein bißchen mulmig in der Magengegend.

Männer, das ist jetzt das Thema, um das sich ein Großteil ihres Lebens dreht. Ihr Kampf gegen die Männer. Alle ihre Versuche stehen jetzt unter diesem Zeichen: Die ganze Welt ist gegen sie, und die ganze Welt besteht aus Männern. Der Klempner, die Leute auf der Bank, der Makler, die Straßenbahnschaffner, die Parkwächter, die Ärzte, die Fensterputzer, die Hausbesetzer, der Bürgermeister: Männer. Wenn ich in die Straßenbahn einsteige, und der Fahrer fährt los, bevor ich meine Karte abgestempelt habe, dann bezahle ich einfach nicht, sagt sie voller Befriedigung. Sie sehen doch, daß man einsteigt, oder? Sie machen es mit Absicht, losfahren, bevor man sitzt. Und sie zeigt mir einen der Briefe, die sie gerade an die Gemeinde schreibt, in ihrem ewigen Kampf gegen die Männer, die vor ihrer Tür die Straße aufreißen und dabei sind, die Brücke zu restaurieren. Arbeit, nix da, sagt sie. Kaffee trinken, das können sie. Und es mir inzwischen unmöglich machen, mein Auto vor der Tür zu parken. Aber ich habe deswegen einen Brief geschrieben, sagt sie. Als sie gestorben ist und ich in ihren Schränken aufräume, werde ich einen Stapel solcher Briefe finden, ordentliche Briefe in ihrer peniblen Lehrerinnenhandschrift, mit «Sehr geehrte Herren» und ihrem Ärger, den sie Punkt für Punkt dargelegt hat. Gestern war das Maß voll, sagt sie. Schon seit Wochen haben sie die Straße vor meinem Haus für den Verkehr gesperrt. Aber wenn ich vom Tennis zurückkomme, kann ich keinen anderen Parkplatz finden, und schließlich wohne ich hier. Also bin ich ausgestiegen, habe das Absperrgitter zur Seite gesetzt und das Auto auf meinen Platz gestellt. Gehe ich doch heute morgen aus dem Haus, um in meinen Wagen zu steigen, da kommt doch so ein Kerl auf mich zu: Gute Frau, das Auto darf hier nicht stehen. Ich sage noch zu ihm: Junger Mann ... Ihre Stimme wird jetzt schneidend vor hochnäsigem Sarkasmus: Zufällig wohne ich hier, und es ist doch wohl deutlich, daß ich mein Auto nirgendwo sonst lassen kann. Das Ganze uferte aus in einen Streit, der damit endete, daß der Mann das Absperrgitter blind vor Wut gegen ihr Auto knallte und dabei den Spiegel abbrach. Aber meine Mutter ist niemals um das letzte Wort verlegen. Zu seinem Rücken konnte sie noch sagen: Habe ich es hier mit einem Herrn zu tun oder mit einem Bauern!

Und dann die Hausbesetzer. Fährt sie doch gerade vom Tennisclub nach Hause, da versperrt ihr eine Demonstration den Weg. Und sie hatte einige Biere getrunken und mußte dringend auf die Toilette. Ich konnte doch unmöglich in die Hose machen, oder? Oder hätte ich mein Geschäft etwa in einem Eingang erledigen sollen, wie das eine gewisse Sorte junger Kerle macht. Also, dachte ich, schiebe ich mich vorsichtig durch, sie hätten mich ja kurz durchlassen können, da fangen diese Kerle doch an, mit den Fäusten auf das Dach meines Wagens zu schlagen. Weißt du, was sie gesagt haben? Sie ekelt sich sichtbar und flüstert: Alte Votze! Das haben sie zu mir gesagt!

Männer!

Als ihr alter schwarzer Kater gestorben war, wollte sie einen neuen. Dann nimm doch eine Katze, sagte ich, das ist, wenn sie im Haus bleiben müssen, viel einfacher. Aber nein, sie wollte einen Kater. Und bekam einen, ein außergewöhnlich lebenslustiges, rotes, muskelbepacktes Tier, das innerhalb weniger Monate zu einem löwenähnlichen Biest herangewachsen war. Von Anfang an gab es Streit. Der Kater langweilte sich zu Tode. Hing also in den Gardinen, kratzte Schränke auf, zog mit seinen scharfen Krallen die Einkäufe aus der Tasche und verstreute den Inhalt über den Teppich. Aber den größten Spaß hatte er daran, mit meiner Mutter zu spielen, einen Hechtsprung unter ihre Laken zu machen, wenn sie gerade ins Bett gehen wollte, ihr in den Nacken zu springen, wenn sie sich hinsetzte. Zum Schluß hatte meine Mutter immer eine zusammengerollte Zeitung neben sich liegen, um ihm einen Klaps zu geben, wenn er etwas tat, das er nicht durfte. Wapp! Woraufhin sich das Tier nun völlig begeistert in den Kampf stürzte und sich jedesmal, wenn sie mit einer Teekanne die offene Wendeltreppe hinabstieg, auf ihre Knöchel stürzte, bis sie dann, unten angekommen, die Zeitung ergriff, wapp, wapp.

Ein Kerl, rief sie mir zu, siehst du das? Ein richtiger Kerl. Immer den Boss spielen wollen. Und wapp, ging es weiter, mit grimmigem Vergnügen.

Männer!

Meinst du nicht auch? sagt sie.

Äh ... ja, sage ich.

12

Wir sehen uns einmal alle paar Monate. Ich wohne nicht weit von ihr, und jetzt, da unser Verhältnis nicht mehr so gespannt ist, versuche ich, sie häufiger zu besuchen, dafür aber kürzer. Aber meine Versuche, ab und zu auf eine Tasse Kaffee bei ihr reinzuschneien oder auf einen Schnaps nach der Arbeit, mißlingen. Wenn ich an ihrem Haus vorbeigehe und sehe, daß Licht brennt, rufe ich sie an: Ich komm kurz vorbei, wenn es dir paßt?

Kurz? sagt sie, und zieht eine Augenbraue dabei hoch. Kurz ist nicht das, was sie will. Bestimmt nicht, wenn sie mich seit Wochen nicht gesehen hat, denn in der Zwischenzeit hat sie sich Fragen überlegt, Themen, über die sie noch mit mir reden will. Wenn ich ihr gegenüber Platz genommen habe, in ihrem orangefarbenen Sessel, dauert es noch eine Weile, bis sie zur Sache kommt.

Ich wollte über so vieles sprechen, sagt sie, ich habe es sogar aufgeschrieben, aber wenn du da bist, weiß ich es plötzlich nicht mehr.

Wir haben Zeit, sage ich.

Mußt du nirgends mehr hin heute abend, fragt sie. Ich weiß, daß du viel zu tun hast.

Ich muß nirgends mehr hin, sage ich.

Sie entspannt sich ein wenig.

Daß du geschrieben hast, es sei so schwer gewesen, mit mir zu reden, das liegt mir immer noch auf der Seele, sagt sie. Wir stimmen doch in so vielen Dingen überein, nicht wahr? Oder etwa nicht? Sie sieht mich forschend an.

Aber wir sind auch unterschiedlich, sage ich.

Warum gelingt es mir nicht, es bei dem zu belassen, was uns verbindet? Noch immer das Bedürfnis, als eigenständige Person gesehen zu werden und nicht als ihre Fortsetzung. Einen zu großen Teil meines Lebens hat sie geglaubt, genau zu wissen, was gut für mich war und was in mir vorging. Und immer noch, beinahe vierzig Jahre alt, bin ich dabei, mich von ihr zu lösen, sie zu zwingen, Entscheidungen anzuerkennen, die anders sind als ihre. Und jedesmal, wenn ich betone, daß ich andere Auffassungen habe, eine andere Meinung, ist sie von neuem schmerzlich getroffen. Etwa beim Thema gesellschaftliche Klassen.

Das Wort fällt nie, es ist ein Begriff aus meinem Vokabular, nicht aus ihrem. Aber auch wenn mein Sozialismus heute nicht mehr der geradlinige Glaube von vor zehn Jahren ist, als ich nichts mehr mit dem Unternehmermilieu zu tun haben wollte, aus dem ich kam, kann ich die Selbstverständlichkeit nicht ertragen, mit der angenommen wird, daß jeder ganz allein für sein Schicksal verantwortlich ist.

Dein Vater hat doch auch als Reifenhersteller angefangen, sagt meine Mutter, er hat doch auch, als das Geschäft aufgebaut wurde, eigenhändig die Rechenmaschinen in einem Lieferfahrrad ausgefahren.

Aber wäre er auch so weit gekommen, wenn er nicht das Vermögen deines Vaters zur Verfügung gehabt hätte, frage ich.

Jeder kann etwas erreichen, wenn er nur hart zupackt, sagt sie.

Die Jahre sind vorbei, in denen ich – wie es nur Kinder reicher Leute machen, die sich von ihren Eltern abgrenzen wollen – demonstrativ meine Armut zur Schau stellte, indem ich in «de Pijp» wohnte, einem Arbeiterviertel von Amsterdam, indem ich meinen Sohn aus grundsätzlichen Erwägungen auf eine öffentliche Schule schickte, nicht auf so eine elitäre Lehranstalt wie die, auf die mich meine Eltern geschickt hatten. Kind, was hat sich deine Sprache verändert, sagte meine Mutter, als ich bei ihr einmal zum Essen eingeladen war, nachdem ich mit einer Gruppe junger Arbeiter gearbeitet hatte, mit Jungen, die eine Lehre als Elektroinstallateure machten, Jungen, die schon mit fünfzehn von der Schule abgegangen waren. In meinen gutgemeinten Versuchen, mit den Unterdrückten dieser Gesellschaft solidarisch zu sein und – eher vielleicht noch – meine Mutter zu provozieren, drückte ich mich immer einfacher aus. Nein, ich glaube nicht mehr, daß die Arbeiterklasse sich morgen erheben und die Macht von den Geldsäcken übernehmen wird, zu denen meine Eltern gehörten. Ab und zu empfand ich sogar ein bißchen Respekt für das Unternehmertum, denn fand ich es selbst nicht auch toll, mit Verlegern Verträge auszuhandeln oder beim Aufbau eines Betriebes mitzuhelfen? Du hast viel mehr von deinem Vater, als du selbst wahrhaben willst, sagte Ernst. Dein kommerzieller Spürsinn, die Leichtigkeit, mit der du ein Projekt aufbaust. Mir fällt es äußerst schwer, zuzugeben, daß das wahr ist. Und rückblickend sehe ich auch, wieviel Arbeit es war, einen Betrieb aufrechtzuerhalten, viel mehr Arbeit, als zu dem Klischeebild des fetten Kapitalisten paßt, mit dem ich in meinen Schulungsgruppen vollgestopft worden bin, der schlafend reich wird, während seine Untergebenen sich abrackern.

Und dennoch ärgert mich die Borniertheit des Mittelschichtblicks, die selbstverständliche, höfliche Herablassung dieser Leute Menschen gegenüber, die kein Geld haben, ihre Angewohnheit, jeden, der nicht aus demselben Milieu kommt, wie Personal zu behandeln.

Was meinst du denn, fragt meine Mutter, wenn ich eine spöttische Bemerkung über den Tennisclub gemacht habe. In den Tennisclub kann doch jeder gehen! Es sind Ärzte dabei, aber auch jemand von der Polizei, Geschäftsleute ...

Arbeitslose, frage ich, Mütter, die von der Sozialhilfe leben? Na ja, nein, zögert meine Mutter, aber wenn sie wollten, könnten sie doch mitmachen?

Und dann ihr Haus. Fünf Stockwerke, die sie alleine bewohnt. Was heißt bewohnt: sie wohnt in dem bequemen Stuhl vor dem Fernseher und in ihrem Bett. Die große Küche wird nur benutzt, um ab und zu ein Ei zu kochen und Tee zu machen, das Eßzimmer dagegen nie. Als ich sie einmal frage, ob eine Freundin, die von ihrem Mann verlassen worden ist, einige Wochen lang die Gästezimmer benutzen darf, weigert sie sich. Sie will keine Fremden in ihrem Haus haben. Ich sage nichts, sage nicht: Wie kannst du nur ein halbes Haus leerstehen lassen, während anderswo Wohnungsnot herrscht, wie kannst du es einer Frau, die nirgendwo hin kann, nur abschlagen, eine Weile in einem der Gästezimmer zu schlafen. Aber sie kennt mich gut genug, um mir meine Mißbilligung vom Gesicht abzulesen, und fängt an, sich zu verteidigen. Ich kenne die Klischees. Geld macht nicht glücklich. Es stimmt. Ich kann es sehen. Sie hat Geld und ist nicht glücklich. Ach, Unsinn, sagt sie, als ich bemerke, daß man dann doch lieber mit Geld als ohne Geld unglücklich sein sollte. Ich habe im Krieg doch auch in einem Zimmer gewohnt, wir hatten nichts, nichts zu essen, dein Vater saß zu Hause und bemalte Laubsägearbeiten, Schneewittchen und die sieben Zwerge, um an ein bißchen Geld zu kommen. Nach dem Krieg haben wir doch auch mit nichts angefangen, du weißt doch selbst noch, wie das war, ohne Badezimmer, wie ich euch Samstag abends in die Zinkwanne steckte? Keine Wäscherei, die Wäsche hing auf einer kleinen Leine um den Ofen, weißt du das noch? Und war ich damals unglücklich? Beklagte ich mich darüber, daß ich nicht genug hätte?

Aber du hattest doch die Möglichkeit, da herauszukommen, sage ich. Jeder kann da herauskommen, wenn er nur will, sagt sie. Du hast doch auch angefangen zu studieren, obwohl du geschieden warst und ein kleines Kind hattest. Wenn man will, kann man alles, sagt meine Mutter, die nach dem Lehrerinnenseminar nichts Neues mehr gelernt und nie ihr eigenes Geld verdient hat.

Wie hättest du das denn gefunden, vor einem Schalter zu stehen und die Hand aufzuhalten? frage ich demagogisch.

Ach, sagt sie, da hätte ich sicher eine Lösung gefunden, ich hätte dann bestimmt Arbeit gefunden, ich habe mein Lehrerinnenexamen, und dann gibt es ja auch noch andere Arbeit, die ich gerne gemacht hätte, irgend etwas in einem Hotel, Empfangsdame, Rezeption oder so …

Ich werde still. Ich schäme mich ein bißchen für meine eigene Bissigkeit, wenn ich so auf sie einhacke. Sie ist keine Partei. Und was hätte ich damit gewonnen, wenn ihr auch noch klarwerden würde, daß sie ohne ihr Geld überhaupt nicht mehr zählen würde. Hat sie ohnehin nicht schon das Gefühl, versagt zu haben?

In den Jahren, die folgen, lösen sich meine alten Haßgefühle langsam auf. Allmählich erkenne ich auch meine eigene Borniertheit in der Art, wie ich leichtfertig ihr Leben verurteile. Ich sehe, daß ihr Haus das einzige ist, was sie hat, und daß sie sich deshalb so verbissen daran klammert. Es gibt ihr Sicherheit, einen Status, den sie auf keine andere Weise bekommen kann. Und in mir wächst erneut der Respekt, wenn sie mir erzählt, wie sie dabei ist, sich im Tennisclub eine eigene Funktion zu schaffen, eine Art «Coach» für die Kinder zu werden, die dort spielen. Sie hilft bei der Organisation von Turnieren, hält Kontakt zu den Eltern. Meine Arbeit, sagt sie, auch wenn sie dafür nicht bezahlt wird. Sie ist eigentlich doch eine tapfere Frau, sage ich zu Ernst, selbst etwas erstaunt über diese Einsicht. Eigentlich ist es doch toll, wie sie sich nach ihrer Scheidung verhalten hat, wie sie sich nicht aus dem Tennisclub hat verjagen lassen und daraus etwas gemacht hat. Und das ohne Hilfe. Von mir hat sie nicht viel Unterstützung bekommen, sie hat es alles ganz allein geschafft.

Ihr ähnelt euch mehr, als du zugeben willst, sagt Ernst. Jesses, sage ich. Nach all den Jahren, in denen ich daran gearbeitet habe, nicht so wie sie zu werden, ist das das Ergebnis?

Aber vielleicht ist es wahr.

Es ist immer noch nicht ganz leicht, noch immer rauche und trinke ich zuviel, wenn ich mich mit ihr treffe. Wenn ich nach Hause komme, bin ich todmüde von dem mühsamen Suchen nach Worten, von den Versuchen, ehrlich zu sein, ohne wieder von neuem zu verletzen, nicht wieder zurückzufallen in meine alten Kindheitsmuster, mich abzugrenzen, wenn sie mich ärgert. Aber wir haben etwas gewonnen.

13

Einmal hat sie zu mir gesagt: Im Krieg war ich eigentlich am glücklichsten. Sie benutzte das als Argument während unserer Auseinandersetzungen. Ich hatte sie nie gefragt, warum denn nur und wie.

Ungefähr zwei Jahre, bevor sie krank wurde, saß ich mit einigen anderen Frauen zusammen in einer Gruppe, die sich mit Unterschieden zwischen Frauen beschäftigte. In dieser Gruppe war die Mehrheit jüdisch, die Minderheit, zu der ich gehörte, nichtjüdisch, aber alle hatten wir einen ureigenen Grund, etwas über das Judentum herauszufinden. Eigene Kriegserfahrungen, Eltern beim Widerstand oder, viel schwieriger, Eltern, die kollaboriert hatten. Eine Frau, die als Mädchen in Deutschland gewohnt und erlebt hatte, wie Jungen von vierzehn, fünfzehn Jahren als Deserteure erschossen wurden. Eine Frau, die sich während unserer Gruppentreffen der Tatsache bewußt wurde, daß ihre Großmutter Jüdin war. Und somit auch ihre Mutter. Und sie selbst. Na ja, dann gehe ich mal, sagt sie, als ihr klargeworden ist, daß sie in der falschen Hälfte der Gruppe sitzt. Sie ist erschüttert, verwirrt. Ich hätte nicht gedacht, daß es soviel ausmachen würde, sagt sie, zu Hause gaben wir nie etwas darauf, meine Mutter sprach nie darüber. Komisch, nicht daß es so viel ausmacht, so viel, daß ich jetzt denke, endlich darf ich nun nach Hause. Ich finde es längst nicht mehr seltsam, denn in meiner Umgebung habe ich gesehen, wie wir alle die Geschichte aus dem Nest, in dem wir groß geworden sind, in uns tragen, und daß sich gerade das, was wir am stärksten zu leugnen versuchen, am wenigsten unterdrücken läßt. Ich bin das Kind meiner Eltern, die Tochter meiner Mutter, ob ich will oder nicht.

Muß das wirklich sein, fragt meine Mutter, wenn ich sie über die Geschichte meiner Familie während des Krieges ausfrage. Die ganzen alten Sachen, willst du das wirklich? Ich versuche ihr zu erklären warum. Daß mir aufgefallen ist, daß fast alle meine großen Lieben Juden waren, viele meiner Freundinnen und Freunde, als suchte ich geradezu danach. So viele gibt es nicht mehr, sage ich, es kann kein Zufall sein. Und dann: Wie viele Familienmitglieder, soweit ich sie kenne, sind nicht verheiratet oder wiederverheiratet mit Juden? Ist die Tante nicht Jüdin, frage ich, und der Schwager von Omas Freund, und wie kommt Oma übrigens zu ihrem jüdischen Namen?

Das weiß ich nicht, wirklich nicht, sagt meine Mutter. Darüber habe ich nie nachgedacht. Für mich macht es keinen Unterschied, Jude oder Nicht-Jude, wir sind alles Menschen.

Und meine Kinderträume, erzähle ich ihr, die ganzen Alpträume von Männern, die einen holen kommen. Die Stiefel auf der Treppe. Uniformen. Und noch etwas, als Kind habt ihr mich mit zu einer Familie genommen, die hinter einem Schuhgeschäft wohnte, es war dunkel und geheimnisvoll, und es roch dort nach Leder, was machten sie dort? O Gott, Kind, daß du dich daran erinnerst, sagt meine Mutter, das war die Familie P., das waren auch welche, die untergetaucht waren, du mußt da noch sehr klein gewesen sein. Untergetaucht, warum waren wir untergetaucht, frage ich. Vor kurzem habe ich in «Het Parool» einen Artikel über eine Widerstandsorganisation gelesen, die jüdische Kinder in Sicherheit brachte. Der Name Meulenbelt kam darin vor. Hast du dort mitgearbeitet?

Das weißt du doch schon, sagt sie. Ich habe es früher schon mal erzählt, da wolltet ihr es aber nicht hören. Und ach, es war nicht so wichtig, was ich getan habe. Bei Kriegsende stellte sich auf einmal heraus, daß jeder im Widerstand gewesen war. Angeblich. Die Leute, die wirklich etwas getan haben, die hielten lieber den Mund. Damit geht man doch nicht hausieren. Das macht man einfach, man konnte die Menschen doch nicht sitzenlassen, man konnte sie doch nicht einfach abholen lassen. Das ist nichts, worauf man stolz sein könnte. Eher sollten wir uns schämen, daß wir nicht mehr getan haben, daß es nicht mehr Leute gab, die etwas unternahmen.

Ihr Vater zum Beispiel, der Feigling.

Und jetzt kommen die Geschichten. Bruchstückhaft, sie erinnert sich nicht mehr an viel. Nicht mehr daran, wie sie dazu gekommen ist, als Kurier zu arbeiten. Ich glaube, daß dein Onkel oder deine Großmutter mich gefragt haben. Sie brauchten Frauen. Die fielen weniger auf, wenn sie mit einer Gruppe Kinder durch die Straßen gingen oder im Zug saßen. Und sie brauchten viele Frauen, denn wenn immer wieder die gleichen Gesichter mit anderen Kindern auftauchten, dann wäre es zu sehr aufgefallen und dann hätte man auch die Kinder und die Organisation gefährdet. Mein Vater, sagt sie, und deshalb wollte ich seinen Namen nicht wieder annehmen, als ich geschieden war, der hat keinen Finger krumm gemacht. Einmal brachte ich ein Kind zu einer neuen Adresse, und die Leute trauten sich plötzlich nicht mehr, das passierte damals oft. Ich stand plötzlich mit einem Kind auf der Straße, ich konnte es auch nicht mehr zurückbringen. Da habe ich es zu meinem Vater bringen wollen, der wohnte mit seiner neuen Frau ganz in der Nähe. Ich habe mich nicht wegschicken lassen, ganz gleich, wie nervös sie waren, und das Kind war so lange eingesperrt gewesen, das war schon verrückt vor Angst und wußte nicht, was es tun sollte. Und sie, sie hatten Angst vor dem Lärm, vor den Nachbarn. Am nächsten Tag mußte ich das Kind wieder abholen, sonst hätten sie es auf die Straße gesetzt oder so. Natürlich habe ich es am nächsten Tag zu einer anderen Adresse gebracht. Aber dann kam er – man glaubt es kaum – einige Wochen später, Rotz und Wasser heulend, zu mir und fragte mich, ob ich ihm helfen könnte, ein paar jüdischen Bekannten von ihm eine Adresse zu besorgen. Der Heuchler.

Als ich mit dir schwanger war, wollte er mich nicht mehr kennen. Wann soll das passieren, fragte er, während er auf meinen Bauch zeigte. Und ich weiß noch, daß er einen Schrank öffnete und mir zeigte, was er alles gehamstert hatte. Reihenweise Gläser mit Erbsen, Fett obendrauf. Ganze Schinken. Das Wasser lief mir im Mund zusammen. Und ich war schwanger. Hatte fast nichts zu essen. Nichts hat er mir gegeben, nichts.

Hattest du keine Angst, frage ich.

Angst? Nie, sagt sie. Vielleicht war ich noch zu jung, um die Gefahr zu erkennen, sagt sie. Wir waren manchmal auch ganz schön leichtsinnig. Dein Vater war für eine Weile bei Bauern untergetaucht, der kam jedesmal braun gebrannt nach Utrecht zurück. In der Stadt waren alle blaß und mager. Man hätte ihm genausogut einen Stempel «untergetaucht» auf die Stirn drükken können. Nein, sagt sie, ich hatte nie Angst. Es war auch besser, etwas zu tun zu haben, als zu Hause zu sitzen und abzuwarten. Wenn man sich vorstellte, daß die Deutschen kommen könnten, während manchmal zehn jüdische Kinder auf dem Dachboden saßen, und später, als dein Vater und dein Onkel sich auch noch auf dem Boden versteckt hatten, das war schon schlimm. Aber wenn ich etwas zu tun hatte, hatte ich keine Angst.

Ich arbeitete damals bei der Bahn. Das war ab einem bestimmten Zeitpunkt nicht mehr mit der Widerstandsarbeit zu vereinbaren. Ich finde es immer noch schade, daß ich dort weggegangen bin, ohne erklären zu können warum. Ich wohnte damals in einem Zimmer, in der Nähe des Hauses, wo die Kinder versteckt waren, eine Durchgangsadresse. Einmal war ich dort, als gerade eine Durchsuchung war. Ich hatte die Lebensmittelkarten für die Kinder unten in der Radtasche. Sie haben vergessen, sie zu durchsuchen. Wer sind Sie, fragten sie mich. Und ich stand da, versuchte so klein und harmlos wie nur möglich zu wirken und sagte zaghaft: Ich bin eine Freundin von Frau Meulenbelt. Damals suchten sie mich schon. Ich war zu bekannt geworden in Utrecht. Wenn sie die Lebensmittelkarten gefunden hätten, hätten sie das «blonde Luder», wie sie mich nannten, gehabt. Dann hätte es dich nicht gegeben.

Manchmal war es schon sehr schwierig. Dann mußte man die Kinder von ihren Eltern wegholen, um sie in Sicherheit zu bringen. Manchmal wollten die Kinder nicht mitkommen. Dann mußte man sie mit irgendeiner Ausrede beruhigen. Ich erinnere mich noch, wie ich mit einem Kind auf dem Arm vor einer neuen Adresse stand und es auf einmal laut zu weinen anfing, hier wohnt meine Tante Judy nicht. Manchmal mußte man sehr hart sein. Ich habe auch schon mal ein Kind von einer Adresse wieder wegholen müssen, der wir nicht mehr vertrauten. Zusammen mit einem Jungen – er in einer Polizeiuniform, ich mit der Anstecknadel der NSB, der niederländischen Nazis – habe ich das Kind geholt. Wie uns die Leute angestarrt haben.

Nein, streitet sie ab, ich war nicht sehr tapfer. Es waren Frauen dabei, die trauten sich, gleich drei oder vier Kinder zugleich wegzubringen. Eine Frau verkleidete mal eine ganze Gruppe als Geburtstagsparty, mit Pappnasen und Faschingshüten, und brachte sie so weg. Und man mußte auch immer abwarten, wie jüdisch sie aussehen würden. Ich erinnere mich an einen Jungen, der sah schon so aus wie eine Schabbeskugel und war noch dazu sehr unruhig. Ich saß mit ihm im Zug und sah, daß die Leute mir gegenüber dachten, wie kommt so eine blonde Frau zu so einem dunklen Jungen. Und der Bengel, der schrie auch noch immer, wann kommen die Grünen nun, Tante Annie, wann kommen die Grünen. Da sagte eine Frau mir gegenüber, um die Situation zu retten, was haben Sie da für einen süßen indonesischen Jungen?

Ach, und Mäxchen, sagt sie. Mäxchen mußte ich abholen,

und die Leute, bei denen er war, durften nicht wissen, daß ich von einer Widerstandsorganisation kam, sie durften nicht wissen, wer ich war. Und Max kannte mich, denn ich hatte ihn schon mehrere Male weggebracht. Ich konnte nur hoffen, daß er seinen Mund halten würde, bis wir draußen waren. Einige Kinder erfaßten intuitiv genau, was sie zu tun hatten. Erst als wir draußen waren, sagte er, Tante Annie, wo gehen wir jetzt hin? Max habe ich sogar noch einmal gesehen, einige Jahre später, in einem Kaufhaus. Nein, ich bin nicht auf ihn zugegangen. Ich dachte, vielleicht möchte er ja auch nicht mehr an diese Zeit erinnert werden. Es ist so schmerzlich für viele Menschen. Nein, sagt sie, von den anderen Kindern habe ich nie wieder etwas gehört. Es war auch besser, sowenig wie möglich zu wissen. Manchmal wußte ich noch nicht einmal ihre Namen. Ich habe später gelegentlich zwar mal gedacht, ob der oder der es wohl geschafft hat? Und ob die Eltern wohl zurückgekommen sind. Alles, was man über das Notwendige hinaus wußte, war gefährlich. Am Anfang waren wir noch sehr naiv. Keiner hatte sich richtig auf so einen Krieg vorbereitet, wir zumindest nicht. Wir hatten keine Ahnung, als wir mit der Sache anfingen. Zu Beginn hatten wir eine Art Karteikartensystem, in dem alle Kinder verzeichnet waren. Wir dachten, wenn die Eltern zurückkommen, dann müssen wir ihnen doch sagen können, wo ihre Kinder stecken. Aber dann hat jemand die Organisation verraten. Ich bekam einen Tip, daß ich so schnell wie möglich bei all meinen Adressen vorbeigehen müßte, um den Leuten zu sagen, daß die Deutschen anrücken würden oder unsere Landsleute, die machten das ja auch, und daß sie die Kinder irgendwo anders hinbringen müßten. Einige Leute glaubten es nicht, und bei denen haben sie alle Kinder mitgenommen. Bei jeder Adresse dachte ich, bin ich eher da als sie oder warten sie schon auf mich? Später habe ich die Runde noch einmal gemacht und erfahren, daß sie kurz nach mir angerückt sind. Das «blonde Luder» haben sie nicht gekriegt.

Aber ich mußte dann doch irgendwo anders untertauchen, mußte raus aus der Stadt. Die Leute, bei denen ich untergekrochen war, wollten auch, daß ich weggehe, als sie merkten, daß ich zum Widerstand gehörte; sie hatten bereits Leute bei sich versteckt, die auch gefährdet waren. Ich bin dann mit deinem Vater zusammen in Soest untergetaucht. In der Nähe der Ortskommandantur. Und bald darauf sollte ich schwanger werden, dann mußten wir dort auch wieder weg, denn Untergrundleute mit einem schreienden Baby, das wollten sie nicht.

In einem kleinen Lastwagen, der von einem Pferd gezogen wurde, sind wir in der Nacht wieder zurück nach Utrecht gefahren. Ich habe den Bauch noch gut gebrauchen können. Beim Kartoffelsammeln zum Beispiel. Nach der Ernte blieben immer noch kleine Kartoffeln übrig, und die gruben wir dann aus. Einmal wurden wir von den Moffen, den Nazis, erwischt. Wir sollten mitkommen. Da streckte ich meinen Bauch so weit wie möglich heraus und sagte: «Das kann ich doch nicht.» Darauf durfte ich nach Hause. Die letzte Zeit war noch nicht einmal die schlimmste. Wir saßen wieder in Utrecht, bei Oma. Ab und zu probten wir den Ernstfall, was wir zu tun hätten, wenn wieder eine Durchsuchung käme, mit der Uhr in der Hand. Dein Vater und sein Bruder mußten dann hinter die Bretter auf dem Boden kriechen, die Leiter mußte verschwinden, die Luke geschlossen werden. Ich mußte mich dann mit meinem dicken Bauch auf den Diwan legen und schlafen. Wir wußten, daß der Krieg zu Ende ging.

In de Rijnlaan, da bist du geboren. Sie hatten gesagt, daß ich verrückt wäre, in so einer Zeit schwanger zu werden. Sie sagten, daß ich nicht stillen könnte, weil wir selbst so wenig zu essen hätten. Daß ich zu schmal gebaut wäre und daß es eine schwere Entbindung werden würde. Und ich könnte nicht ins Krankenhaus. Ein untergetauchter jüdischer Arzt, der sich bei Bauern versteckt hatte, war bei der Entbindung dabei. Er besaß nur noch ein Auge. Ich erinnere mich noch genau daran, wie er am Fußende meines Bettes saß, mit seinem einen Auge alles beobachtete und sagte: Gut so, Mädchen. Ich habe nie erfahren, wie er hieß.

Ich schreibe die Geschichten meiner Mutter auf, soweit ich mich an sie erinnern kann, für die Gruppe. Ich gebe sie meiner Mutter zum Lesen. Sie schreibt mir sofort zurück, auf losen Blättern, die sie aus dem Heft gerissen hat, wo sie die Ergebnisse der Tennisturniere und die Fortschritte der Kinder festhält. In ihrer ordentlichen Schönschrift, ohne die Sprach- und Schreibfehler in meinen Erzeugnissen, über die sie sich immer so ärgert, schreibt sie: «Liebe Anja. Wenn ich Deinen Text durchlese, muß es mir von der Seele, wie gut es mir tut, den genauen Hergang Deiner Entstehung zu lesen, von Dir geschrieben.» Sie verbessert ein paar Fehler, die ich gemacht habe, fügt einige Einzelheiten hinzu und schreibt, daß sie sich mit mir so verbunden fühle. Die Übereinstimmungen zwischen dem, was ich mit den unterdrückten Gruppen tue, und dem, was sie tat, damals. «Ich habe dies alles in großer Eile geschrieben, als ob mir jemand auf den Fersen wäre», beendet sie ihren Brief. «Schnell, bevor ich es nicht mehr zustande bringen kann. Ich hoffe, daß es Dir etwas nützt. Bis bald. Mach's gut, mein Liebling. Deine Mutter.»

14

Ein Jahr vor ihrem Tod waren wir wieder einmal verabredet. Wir konnten inzwischen wieder ein bißchen miteinander reden, die größten Mißverständnisse waren ausgeräumt.

Ich habe noch ein Geburtstagsgeschenk für dich, sagt sie, und überreicht mir ein kleines viereckiges Päckchen. Ich hoffe, daß es dir gefällt, sagt sie, zögernder und unsicherer, als ich sie im allgemeinen erlebe. Ich finde es immer sehr schwer, deinen Geschmack zu treffen.

Es ist eine Uhr mit einer Kette. Ich dachte, daß du die gut bei deiner Arbeit gebrauchen könntest, oder wenn du eine Lesung hast. Sieh mal, macht sie vor, du kannst sie so vor dich legen. Ich nicke. Es steht etwas darauf, sagt sie, ich habe etwas eingravieren lassen, und jetzt erst sehe ich, wie verlegen sie ist.

Auf der Rückseite steht in kleinen viereckigen Lettern:

6. 1. 83. A + A. Keine Mauern mehr.

Ich kann kein Wort herausbringen.

Gefällt sie dir, fragt sie.

Ich nicke.

Ich habe mich nicht getraut, sie dir zu geben, sagt sie. Ich habe sie schon seit Monaten in meiner Tasche. Ich dachte, stell dir vor, daß es nicht stimmt, daß sie es nicht so empfindet, daß die Mauer jetzt weg ist. Aber es ist doch so?

Ich nicke wieder. Und drehe mich um, um die Teekanne zu nehmen. Ich kann es noch immer nicht ertragen, daß sie sieht, wenn ich weine.

III

Hätte ich dich nur als Kind gekannt,
die du nun mein Kind und meine Mutter bist.

15

Es fällt ihr nicht leicht, um Hilfe zu bitten. Weil sie stolz darauf ist, daß sie es auch alleine schafft. Weil sie die Enttäuschung fürchtet und das Abgewiesenwerden. Weil es ein Teil ihrer Lebensphilosophie geworden ist, daß die Leute spontan erkennen müssen, was sie braucht, sonst können sie es lieber gleich ganz lassen.

Ich hätte also sehen müssen, daß es ihr nicht gutgeht, ungeachtet dessen, daß sie es immer geleugnet hat. Ich hätte sie nicht beim Wort nehmen dürfen: Laß mich nur, kümmere dich mal nicht um mich, wenn sie vornübergebeugt dasaß, ihre Hände gegen den Magen gepreßt. Geh doch endlich mal zum Arzt, Mensch, sagte ich zum soundsovieltenmal, mal freundlich, mal ärgerlich. Laß mich nur, es geht schon vorbei, sagte sie dann wieder. Ärzte, die können auch nicht helfen. Der eine sagt, daß ich ein Magengeschwür habe, der andere meint, nicht, was fängst du damit nun an? Dann geh doch zu einem anderen, sage ich, du läßt dich doch sonst auch so lange untersuchen, bis sie wissen, was es ist.

Du weißt nicht, wovon du sprichst, sagt sie. Du weißt nicht, wie das ist, so eine Untersuchung. Und dann kommt doch wieder nichts dabei raus. Ich gehe nicht mehr hin. Gib mir lieber ein Glas Milch, dann ist es gleich vorüber.

Warme?

Sie verzieht das Gesicht. Kalte.

Ich hätte also begreifen müssen, daß mehr dahintersteckte, als sie eine Essensverabredung kurz vor den Sommerferien absagte. Ich bin nicht so ganz auf dem Damm, sagt sie am Telefon. Das tut mir leid, sage ich, ich werde im Restaurant absagen. Soll ich mit einer Kleinigkeit zu essen vorbeikommen?

Nein, laß mich mal, sagt sie.

Dann sehen wir uns wieder, wenn ich aus Italien zurück bin, sage ich. Um mir, als ich aus Italien zurückkomme, eine verbitterte Geschichte über den schlimmen Rückfall anhören zu müssen, den sie erlitten hat.

Was hattest du denn nun genau, frage ich.

Schmerzen. Immer irgendwo anders. Ich konnte nichts mehr essen. Durchfall. Ich muß etwas Falsches gegessen haben, es kann auch von der Hitze kommen, es war nicht auszuhalten.

Ist der Arzt dagewesen?

Nein, sagt sie, was nützen einem schon Ärzte. Und ich kann nicht einmal erklären, wo es ist, es sind solche vagen Beschwerden.

Die Reinemachefrau ruft einmal an, weil sie sich darüber Sorgen macht, daß meine Mutter nie kocht. Das weiß ich, sage ich, sie hat mir auch mal erzählt, daß sie seit ihrer Scheidung nicht mehr kocht. Aber das kann doch so nicht gutgehen, sagt die Reinemachefrau. Ich habe ihr manchmal noch eine kleine Schüssel Eintopf mitgebracht, weil sie sagte, daß sie das möge. Aber das dritte Mal stand er dann noch Tage später unangerührt im Kühlschrank. Können Sie nicht einmal mit ihr reden?

Ich versuche es noch einmal.

Ich esse im Tennisclub, sagt sie.

Was ißt du, Bier?

Spiegeleier, sagt sie. Und Milch. Ich habe keine Lust zu kochen. Und meistens habe ich einfach keinen Appetit. Im Tonfall wie: Kümmere dich nicht darum. Um mir, wenn ich mich nicht darum kümmere, später vorwerfen zu können, daß es mir egal gewesen wäre, daß sie krank war.

Nie bat sie mich um Hilfe. Das einzige Mal, an das ich mich erinnern kann, war, als ihr alter schwarzer Kater krank war, ihr vorletzter. Sie rief mich an, völlig aufgelöst. Der Kater säße unter dem Bett, sagte sie, und blute aus dem Maul. Einen Arzt könne sie nicht erreichen. Ob ich ihr helfen und einen anrufen könne. Ich komme zu dir, sagte ich.

So fassungslos hatte ich sie selten gesehen. Ich fand einen Tierarzt, der abends Sprechstunde hatte, begleitete sie in einem Taxi, den leise wimmernden Kater in einer Tasche auf ihrem Schoß. Wenn er stirbt, wenn er stirbt, sagt sie, ich will nicht alleine nach Hause. Bei der Untersuchung stellt sich heraus, daß sich ein Zahn entzündet hat. Unter Betäubung wird er gezogen. Wir bekommen ein schlaffes, warmes, schweres Tier zurück, das wie tot aussieht mit seinen offenen Augen und den Eckzähnen, die über seine Lippe herausstehen. Was ist er bloß häßlich, sagt sie. Aber so lieb.

Ich weiß sehr wohl, wie sehr sie sich davor fürchtet, wirklich allein zu sein, zu sterben, und mehr vielleicht noch davor, zu verblöden. Sie hat es selbst bei ihrer Mutter miterlebt, das heißt bei der vierten Frau ihres Vaters, die nach seinem Tod allmählich senil wurde, in der kleinen Wohnung, die sie gekauft hatte, als das große Herrenhaus an einer Utrechter Gracht zu groß für sie allein wurde. Sie wurde nach und nach immer verrückter, meine Großmutter, die immer so ordentlich gewesen war, so höflich und wohlerzogen. Wie es Gutsherren gibt, so war sie eine Gutsfrau. Sie, die einmal Verlegerin gewesen war, Autorin von Kinderbüchern und moralischen Damenromanen, hatte ihre Arbeit aufgegeben, um, 45 Jahre alt, mit meinem Opa zusammenzuziehen, ihn später zu heiraten und sich ganz und gar auf den Haushalt zu stürzen. Leinenservietten und silberne Serviettenringe. Messerbänkchen. Getrennte Geschirrtücher für Gläser und Messer. Untersetzer aus Kristall für die Schnapsgläser sonntags beim Bridge. Eine Vase mit Vergißmeinnicht im Gästezimmer, wo ich schlief und ein bißchen Angst vor der ausgestopften Möwe auf dem Wäscheschrank hatte.

Als mein Opa gestorben war, wollte sie nicht mehr. Sie lebte mechanisch, weil das nun einmal das ist, was man dann tut, aber die Bücher, die sie zum Geburtstag bekam, blieben ungelesen, die Mahlzeiten waren schlampiger und nachlässiger als früher. Bis wir merkten, daß sie nicht mehr kochte, wenn sie allein war. Sie wurde taub, wehrte sich aber gegen ein Hörgerät, saß freundlich lächelnd da, wenn wir sie besuchten, gab aber Antworten, die keinen Sinn machten. Meine Mutter brachte sie in einem Pflegeheim unter. Sie konnte sich nicht mehr allein versorgen, hatte den Durchlauferhitzer abgestellt, weil sie doch nicht mehr duschte. Als sie sie nach einem ungeschickten Selbstmordversuch, bei dem sie sich mit einem Hammer auf den Kopf geschlagen hatte, mit einer Lungenentzündung fanden, mußten sie ihr die Kleider vom Leib schneiden, die sie in den ganzen Monaten anscheinend nicht ein einziges Mal ausgezogen hatte. Weißt du, was sie gesagt hat, als sie so krank in ihrem Bett lag, fragt mich meine Mutter gerührt. «Ist es jetzt endlich vorbei?» Aber sie erholte sich.

Einmal ging ich mit, um sie in ihrem Pflegeheim unter all den anderen senilen Alten zu besuchen. Es ist wenig von der früheren Dame übriggeblieben. Sie ist nicht freiwillig hier. Meidet den Kontakt mit den anderen Frauen. Hockt wie ein kleiner Vogel auf einem Stuhl in der Ecke. Da ist meine Mutter, sagt sie, als sie meine Mutter sieht. Und läßt sich mit den weichen Früchtekeksen füttern, die meine Mutter ihr mitgebracht hat. Mich erkennt sie nicht mehr, aber irgendwie scheint sie das Gefühl zu haben, daß sie etwas mit mir machen muß. Gnädige Frau, murmelt sie höflich und bietet mir ihren angebissenen

Keks an. Gesten, die an Sonntage erinnern, an denen sie immerfort damit beschäftigt war, Gläser vollzuschenken und Salzmandeln in silbernen Schalen anzurichten. Das ist hier nichts für sie, sagt meine Mutter auf dem Rückweg. Aber was sollen wir sonst machen? Allein lassen kann ich sie nicht. Letzte Woche hat sie lautstark protestiert, weil sie von einem Pfleger gewaschen wurde, sie wollte sich nicht von einem Mann waschen lassen, aber sie meinten dort, es sei Quatsch, daß eine Dame in den Siebzigern das nicht will. Der Pfleger kam zu mir und sagte: «Ihre Mutter ist wieder sehr unartig gewesen heute morgen, sie wollte sich einfach nicht anziehen lassen.» Da sah ich, daß sie ihr ein Kleid von einer anderen angezogen hatten. Natürlich will sie das nicht, sie, die immer so sauber gewesen ist, alles so in Ordnung hielt.

Wenn mir das passiert, daß ich so werde, sagt sie zu mir, dann sollen sie mir lieber gleich eine Spritze geben.

Todesangst. Angst, hinfällig zu werden, die Kontrolle zu verlieren, auf Hilfe von anderen Leuten angewiesen zu sein, das ist es, wovor sie sich fürchtet. So sehr, daß sie lieber den Kopf in den Sand steckte, als sie krank wurde, und so tat, als ob nichts los wäre, bis es nicht mehr zu leugnen war.

Sie ruft mich an, überraschend. Fast immer bin ich es, die zuerst anruft, sie wartet darauf. Jetzt kann ich es dir ja erzählen, sagt sie. Ich habe gerade die Ergebnisse der Untersuchungen bekommen, denen ich mich unterzogen habe, es ist mit an Sicherheit grenzender Wahrscheinlichkeit doch kein Krebs. Ich halte die Luft an. Krebs. Das ist es also, was sie die ganze Zeit gedacht hat, als sie mir sagte, daß sie sich nicht so gut fühlte. Gott sei Dank, sage ich, Gott sei Dank, was mußt du erleichtert sein, aber was hast du denn nun wirklich? Das wissen sie noch nicht, erzählt sie.

Und warum hast du mir nicht erzählt, daß du dachtest, du hättest Krebs?

Sie ist einen Moment still. Ach, sagt sie, was hättest du denn machen können, wenn es Krebs gewesen wäre. Nichts!

Aber es wäre doch besser gewesen, wenn du mit jemandem darüber hättest reden können?

Sie schweigt. Ich weiß schon, was sie denkt: Wenn es darauf ankommt, ist man doch allein.

16

Wenn man Krebs hat, stirbt man, denkt sie. Wenn man keinen Krebs hat, stirbt man demnach nicht. Jetzt, wo es sich herausgestellt hat, daß sie keinen Krebs hat, rechnet sie damit, daß die Ärzte sie auch schnell heilen werden können, mit einem Trank oder mit Tabletten. Aber von der Tablettenkur, die man ihr verordnet, wird ihr übel, und zusätzlich zu dem Durchfall, den sie schon hat, muß sie sich jetzt auch noch ständig übergeben. Sie ißt jetzt nichts mehr und schläft fast gar nicht. Sie ruft mich an. Wieder hat sich in ihre Stimme der alte, vorwurfsvolle Ton eingeschlichen.

Ich habe dich fünfmal angerufen, sagt sie.

Ich war mit Ernst übers Wochenende in Bergen, sage ich, und höre schon wieder, wie die Selbstrechtfertigung in meine Stimme kriecht. In Zukunft werde ich dich wissen lassen, wo ich bin, wenn ich für ein paar Tage wegfahre, einverstanden?

Die Entzündung in meinem Darm ist schlimmer geworden, sagt sie. Ich vertrage die Tabletten nicht. Jetzt wollen sie mich untersuchen. Ich weiß nicht, ob ich mich damit einverstanden erklären soll, diese Untersuchungen sind so schrecklich. Aber sie sagen, daß sie mir sonst nicht mehr helfen können.

Dann würde ich es doch lieber machen, sage ich. So geht es doch auch nicht.

Du weißt ja nicht, wie schlimm das ist, sagt sie. Sie spülen einem die Därme durch, und dann gehen sie mit so einem

Ding in deinen … Sie wollen es sich von innen ansehen. Es ist eklig. Und es tut weh.

Soll ich mitkommen?

Sie schweigt einen Moment lang.

Das geht doch nicht mit deiner Arbeit, sagt sie.

Ich kann mir frei nehmen. Bei solchen Sachen werden meine Kollegen sicher gern für mich einspringen.

Willst du das wirklich? Nein, Kind, das kann ich dir nicht antun. Einen ganzen Tag in so einem Krankenhaus, und dieser eklige Kram, es ist demütigend, was sie da mit einem machen, menschenunwürdig, wenn du da mit deinem … Loch … nach oben daliegen mußt, und sie da mit drei Leuten …

Du bist meine Mutter, verstehst du, sage ich. Du hast meine Windeln mit der Hand gewaschen. Und ich habe selbst ein Kind gehabt, ich habe Kacke weggeschafft und Kotze aufgewischt. Ich fürchte mich nicht vor Krankheit oder Krankenhäusern, und ich ekle mich nicht so leicht vor irgend etwas. Findest du es nicht angenehmer, wenn dich jemand begleitet?

Es ist sehr lieb von dir, daß du mir das anbietest, sagt sie. Aber nein, nein, das stehe ich mal lieber alleine durch, das tue ich keinem an.

Falls du es dir doch noch überlegen solltest, rufst du mich dann morgen früh an?

Das werde ich machen, sagt sie.

Und sie ruft an. Sie hat eine schlechte Nacht hinter sich. Wenn es nicht zuviel von mir verlangt ist, dann möchte sie doch gern, daß ich sie mit dem Taxi abhole und bei ihr bleibe, wenn sie untersucht wird.

Seit ich klein war, habe ich meine Mutter nicht mehr nackt gesehen. Nun zieht sie ihren Gummischlüpfer aus, ihre beige Spitzenunterhose. Sie steht da, fröstelt und zieht mit den Armen ihre Weste fester um sich. Ich sehe ihre dünnen weißen Beine mit den blauen Adern, die Falten ihres dicken Bauches

– fast kein Schamhaar mehr. Sie wird in eine Nische geführt, auf eine Toilette gesetzt; sie führen ihr einen Schlauch durch Nase und Hals ein, sie würgt. Sie pumpen ihr eine Flüssigkeit durch die Därme. O Gott, was für ein Scheißgefühl, sagt sie, als ob sie versuchen würden, mich aufzublasen. Stinkt es nicht, fragt sie mich, als die Spülung durchzulaufen beginnt. Sonst geh mal lieber irgendwo einen Kaffee trinken, bis ich fertig bin. Es stinkt nicht, sage ich. Ich bleibe hier.

Wir versuchen uns etwas auszudenken, über das wir reden könnten. Wir haben alle Themen schnell durch. Mein Sohn. Ihr Tennisclub. Mit mir und Ernst läuft es auch gut. Hast du noch mal was von deinem Vater gehört, fragt sie. Aber die Antwort ist seit Jahren nein. Ist doch komisch, daß er sich sogar bei seinem Enkel nicht meldet, oder? Ich bestätige es, zum soundsovieltenmal. Wir schweigen. Sie dreht an dem kleinen Radio, das sie in die Nische eingebaut haben, klassische Musik. Igitt, sagt sie, Katzengejammer. Es folgt wieder Stille.

Ich halte es nicht mehr aus, sagt sie, geh doch mal fragen, ob es noch lange dauern soll. Und plötzlich kotzt sie, in einem großen Bogen spuckt sie die Flüssigkeit aus, der Schlauch aus ihrer Nase kommt mit, verdammt noch mal, verdammt noch mal, sagt sie. Eine Krankenschwester kommt und wischt das Zeug auf. Macht nichts, sagt sie, das passiert hier häufiger mal. Ich stütze meine Mutter auf dem Weg zum Untersuchungstisch. Zwei Ärzte stehen dort, ein Assistent und ein Pfleger, und warten. Legen Sie sich bitte hin, wird gesagt.

Ja, ja, sagt meine Mutter, nun mal mit der Ruhe, meine Herren, wir haben keine Eile. Ich bekomme einen Hocker an ihr Kopfende gestellt. Sie schreit, als sie ihr das Rektoskop in den Anus einführen. Entspannen Sie sich, gute Frau, sagt der Arzt. Aber es tut weh, sagt sie entrüstet. Sie hören einen Moment auf, um ihr eine Spritze zu geben, Valium. Führen erneut das Rektoskop ein. Es schmerzt. Meine Mutter jammert und flucht und hält sich an meiner Hand fest. Die Ärzte arbeiten konzentriert, Schweiß steht ihnen auf der Stirn; sie kommen mit dem Rektoskop nicht nahe genug an die Stelle, wo sich der Darm entzündet hat. Sie ziehen den Schlauch wieder heraus. Ist es vorbei, fragt meine Mutter. Wir versuchen es noch einmal mit einem kleinen Schlauch, sagt der Arzt. O verdammt, flucht meine Mutter. Das Valium hilft nicht gegen den Schmerz, sie ist viel zu wachsam und zu argwöhnisch, um sich zu entspannen. Aber das Zeug enthemmt sie schon. Sie fängt an zu schimpfen: Diese Scheißkerle, Männer.

Und jetzt reicht es, sagt sie, als ginge ihr ein kleines Kind auf die Nerven. Als wäre sie kurz davor, jemandem eine Ohrfeige zu geben. Noch einen Moment, Frau Meulenbelt, wir haben es gleich, sagt der Arzt. Wir können es jetzt schön sehen. Wollen Sie es auch sehen? Nein, sagt meine Mutter spitz. Ich sehe es mir an, durch das Okular, das sie mir gereicht haben. Die rosafarbenen Falten ihrer Gedärme, die Innenseite des Körpers meiner Mutter.

Schöne Farbe, sage ich zu ihr, um sie etwas aufzumuntern.

Babyrosa.

Pimmelrosa, sagt sie. Sie verliert jetzt wirklich alle Hemmungen. Ich geniere mich ein bißchen, wie ich mich häufiger schämte, wenn meine Mutter anfing, nach einem Bier zuviel schmutzige Witze zu reißen oder die Servietten in ihre Tasche zu stopfen, wenn sie in einem Restaurant der Übermut packte, als wäre sie lange genug eine Dame gewesen, als hätte sie sich zu lange anständig benommen. Sie zieht das gleiche Gesicht wie damals, wenn sie Würstchen beim Schlachter kaufte und rief: Wer von den Herren hier ist der größte *penis popularis*? Wir sind fertig, Frau Meulenbelt, sagt der Arzt unerschüttert. Die Krankenschwester hat kurz gekichert. Aua, Aua, schreit sie wieder, als sie den Schlauch herausziehen, verdammt noch mal, das könnt ihr gut, eine alte Frau so quälen.

Ich helfe ihr ins Taxi, sie hat ihren Pelzmantel wieder an und damit etwas von ihrer Würde zurück, aber sie ist angeschlagen, schneuzt in ihr Taschentuch. Ergreift meine Hand und kneift mich.

Schön, daß du mit warst, sagt sie. Meine Tochter.

Die Diagnose stimmt nicht optimistisch. Sie werden sie ins Krankenhaus einweisen, mit einer Hormonkur beginnen, aber wenn das nichts hilft, wird der angegriffene Teil des Dickdarms doch entfernt werden müssen. Keine Operation, sagt sie. Offensichtlich hilft die Kur. Sie bekommt wieder Appetit. Sie ißt zwei, drei Butterbrote pro Mahlzeit. Ihr Gesicht wird voller. Sie hamstert Zuckerwürfel, damit sie in eine Tasse Tee drei Stück hineintun kann. Fängt an, übers Essen zu reden, hat vor, wieder zu kochen, wenn sie nach Hause kommt, will wieder mit mir in der Stadt essen gehen. Fängt Streit mit den anderen Frauen in dem Raum an, in dem sie liegt. Sie hat so lange allein gelebt, sie ist es nicht mehr gewöhnt, auf andere Rücksicht zu nehmen. Wenn sie an der Wand liegt, möchte sie, daß der Vorhang zwischen ihrem Bett und der Nachbarsfrau aufgezogen ist, denn sonst kann sie nicht nach draußen sehen. Aber als sie ein Bett am Fenster bekommt, will sie den Vorhang zugezogen haben, damit sie mehr Privatsphäre hat. So eine egoistische Person, jammert sie, als die neue Patientin neben ihr nichts anderes will als das, was sie wollte, als sie an dieser Stelle lag, den Vorhang ein bißchen aufgezogen, damit sie nach draußen sehen kann. Die denkt nur an sich selbst.

Als die Streitereien in dem Raum überhandnehmen und sie einmal angetroffen wird, wie sie an dem Vorhang herumzerrt, während eine andere Patientin ihn ihr wieder aus ihren Händen zu reißen versucht, verlegt man sie in ein Einzelzimmer. Dort beschwert sie sich dann darüber, daß sie niemanden zum Reden hat.

Es scheint ihr besser zu gehen. Sie darf nach Hause. Aber nach einigen Wochen wird die Kur abgesetzt, und sie wird sofort rückfällig. Blutungen. Angstzustände mitten in der Nacht. Das Darmgewebe erneuert sich nicht, es stirbt ab.

Sie weiß, daß sie nicht um die Operation herumkommt. Es ist das erste Mal, daß ihr so etwas passiert. Sie ist niedergeschlagen, macht Anspielungen über die Zeit, wenn sie mal nicht mehr da sein wird. Ein großes Loch, in das sie fallen wird, sagt sie. Ihrer Meinung nach kommt sie da nicht wieder heraus. Es ist nicht mehr so gefährlich, sage ich. Du darfst dich von diesen ganzen Geschichten nicht so verrückt machen lassen. Ich bin doch auch zweimal unter Narkose gewesen! Einmal mit dem Blinddarm und einmal wegen der Sterilisation. Es ist auch schön, sage ich, du mußt dich einfach ein bißchen gehenlassen.

Aber genau das hat sie nicht vor. Wachsam bleiben, aufpassen, wenn du nicht auf der Hut bist, hecken sie hinter deinem Rücken etwas aus. Und dann das Geld. Sie ist unterversichert und muß zubezahlen. Was macht das dir aus, sage ich. Du hast es doch? Natürlich mußt du auch ein Telefon haben und einen kleinen Fernsehapparat. Bald gehört das Geld dir und deinem Bruder, sagt sie. Ich möchte gerne, daß du deine Hypothek ablösen kannst, daß dein Haus dir zumindest gehört, dann können sie dir nichts mehr tun, dann hast du deine Freiheit.

Ich möchte lieber, daß du was davon hast, sage ich. Um mich brauchst du dir keine Sorgen zu machen, ich komme mit dem, was ich verdiene, ausgezeichnet zurecht.

Trotzdem, sagt sie, denk doch nur mal daran, daß du irgendwann einmal alleine dastehen kannst, genauso wie ich, oder falls du mal keine Arbeit hast. Es ist doch wichtig, daß du nirgends die Hand aufhalten mußt, daß niemand dir vorschreiben kann, was du zu tun hast! Ich gönne es dir, sagt sie und kneift mich in meinen Arm. Du hast es doch auch nicht leicht gehabt. Und außerdem habe ich doch alles falsch gemacht, dann kann ich dir das doch zumindest geben.

Ich bringe sie wieder ins Krankenhaus. Sie bekommt nun sofort ein eigenes Zimmer.

Nach der Operation ist sie einen Tag lang euphorisch. Sie hat keine Schmerzen. Aber danach sinkt ihre Stimmung wieder schnell. Sie haben versprochen, daß es nun besser würde, sagt sie, aber ich fühle mich noch genauso miserabel wie vorher.

Es war eine schwere Operation, sage ich. Du mußt dir die Zeit gönnen, dich zu erholen. Du mußt die Narkose verarbeiten. Und dein Körper muß sich daran gewöhnen, daß ein Stück deines Darmes fehlt, er muß sich anpassen, neu zu funktionieren beginnen. Aber sie bleibt ärgerlich. Böse, daß sie nur trinken darf. Böse, daß sie keinen Erdbeermilchshake bekommt, böse, daß ich ihr nicht doch heimlich einen holen will.

Was verstehen die schon davon, was gut für mich ist, sagt sie, was wissen die denn. Doch gar nichts! Sie sieht mich an und wartet, daß ich in ihre Klage einstimme, und als ich nichts sage, zuckt sie mit den Schultern. Das Gesicht, das ich von früher kenne. Was habe ich denn schon von dir?

Sie schläft nachts fast gar nicht, will sich aber auch kein Schlafmittel geben lassen. Dann falle ich in das schwarze Loch, sagt sie, jedesmal habe ich das Gefühl, daß ich dort nicht wieder herauskomme. Sie bleibt lieber wachsam. Macht kleine Nickerchen. Aber die Nächte sind lang. Zum Lesen hat sie keine Lust. Die Fernsehprogramme gefallen ihr nicht. Sie ist schlecht gelaunt, wenn ich zu spät komme, wenn ich mal einen Tag auslasse, weil ich zuviel zu tun habe. Ruf mich doch dann an, sage ich. Du kannst mich mitten in der Nacht anrufen, wenn du magst.

Ich bin zu müde, um anzurufen, sagt sie.

Ich versuche, mir etwas für sie auszudenken, aber es ist nicht einfach. Ich kann ihr nichts Leckeres mitbringen, lesen tut sie nicht. Ich schlage ihr vor, ein paar Bekannten Bescheid zu sagen, damit sie etwas mehr Besuch bekommt, aber das will sie nicht. Wenn sie nicht von selber auf die Idee kommen, dann will sie sie nicht sehen. Die Blumen, die ich ihr mitgebracht habe, hat sie hinter sich stellen lassen, außerhalb ihres Blickfeldes. Nur als ich eine Zeitung mitbringe, in der ein Interview mit mir abgedruckt ist, ist sie für einen Moment zufrieden. Du siehst viel freundlicher aus als früher, sagt sie, und mustert das Foto, das daneben abgedruckt ist. Und aufgeschlagen legt sie die Zeitung auf ihr Nachtschränkchen, damit die Ärzte sie sehen können, wenn sie vorbeikommen.

Zum Glück darf sie nach Hause. Der tägliche Gang zum Krankenhaus beginnt mir schwerzufallen. Wenn ich von ihr zurückkehre, hat sich ihre schlechte Laune auf mich übertragen. Wenn sie wieder zu Hause ist, hoffe ich, kann ich anfangen, sie langsam etwas zu entwöhnen. Sie nicht mehr jeden Tag besuchen. Bis sie sich genügend erholt hat, so daß sie wieder in den Tennisclub gehen kann und wir es bei einmal wöchentlich, einmal alle zwei Wochen belassen können. Vielleicht kann sie dann wieder zu mir und Ernst zum Essen kommen, wenn seine Söhne da sind, und mein Sohn. Das eine Mal, als sie sich all die Treppen hochgeschleppt hat, ist sie richtig gerührt gewesen, das Getümmel zu sehen, den Lärm von den Jungen, Ernst und mich, uns beide in der Küche. Beinahe das Familienleben, das sie sich immer gewünscht hat, das ihr aber nie vergönnt war. Und nun sitzt ihre Tochter, die sich zu einem nichtsnutzigen Luder zu entwickeln drohte, zusammen mit all den Jungen am Tisch und scheint auch noch glücklich zu sein. Meine Mutter ist beeindruckt. Und vermutlich sogar ein bißchen neidisch.

Vielleicht gibt es ja doch auch nette Männer, sagt sie mit einem Blick auf Ernst, als er es nicht hören kann. Oder sieht er nur so nett aus, tut er nur so, weil ich da bin?

So ist er wirklich, sage ich. Sieh doch, wie sehr ihn seine Söhne mögen, sage ich, als der eine, der ihn zum Abschied gerade küßt, sich sein Auto ausleihen darf. Es gibt sie schon, sage ich, die netten Männer, aber nicht genug für uns alle.

Das kannst du wohl sagen, sagt sie.

17

Nach einigen Monaten muß sie wieder ins Krankenhaus. Sie erzählt es mir am Telefon, inzwischen schicksalsergeben. Die Operation, bei der sie ihr ein Stück vom Darm entfernt haben, hat nicht geholfen, die Entzündung hat jetzt auf weitere Teile ihres Darmes übergegriffen.

Mich kriegen sie nicht mehr ins Krankenhaus, sagte sie vorletzte Woche noch, nur über meine Leiche. Aber essen, das will sie immer noch nicht. Und da ist noch immer der Schmerz und der Durchfall. Ich gehe nicht zurück ins Krankenhaus, sagt sie zum Hausarzt, der etwas bestürzt daneben sitzt. Denkt euch mal etwas anderes aus. Frau Meulenbelt, sagt er und hebt seine Hände in einer ohnmächtigen Geste, um sie dann wieder auf seine Knie fallen zu lassen, wenn Sie keine Sulfonamide vertragen und eine Hormonkur nichts hilft, dann bleibt uns nicht viel anderes als die Krankenhauseinweisung.

Eine Diät, schlage ich vor, weil ich weiß, wie schlecht sie ißt.

Essen Sie gut? fragt er sie.

Ja, nickt sie.

Nein, schüttele ich den Kopf.

Was essen Sie?

Normal, sagt sie unsicher, ab und zu einen kleinen Happen.

Kartoffelpüree aus der Packung mit Soße oder Butter, sage ich. Tütensuppen. Erdbeermilchshakes von McDonald's. Sonst nichts. Keine Vitamine, fast kein Eiweiß. Nur Fett, Zucker und Kohlehydrate.

Sie sieht mich strafend an. Ich habe gepetzt. Während sie doch immer die Becher von den Milchshakes, die ich ihr unter Protest mitbringe, unters Bett schiebt, wenn der Arzt vorbeikommt.

Versuchen Sie es einmal ein paar Tage lang mit Zwieback, geraspeltem Apfel und dünnem Tee, sagt der Arzt, und sehen Sie, ob die Magenschmerzen dann abnehmen.

Ohne Zucker, frage ich.

Ohne Zucker, bestätigt er.

Meine Mutter ist böse. Ich mag keinen Tee ohne Zucker, sagt sie. Ich bekomme ihn nicht runter.

Ein ganz bißchen Zucker dann, handelt der Arzt aus.

Ich denke an die drei, vier Löffel Zucker, mit denen sie versucht, ihre Tasse Tee zuzuschütten.

Und ich gehe nicht ins Krankenhaus zurück, und ich laß mich auch nicht mehr untersuchen, sagt sie, als der Arzt aufsteht. Wir werden sehen, Frau Meulenbelt, sagt er.

Wir werden sehen, wir werden sehen, meckert sie giftig, nachdem ich die Tür hinter ihm geschlossen habe. Ärzte! Was wissen die denn schon! Es muß doch irgend etwas dagegen geben. Es gibt doch bestimmt noch andere Tabletten als diese.

Ich gehe in die Küche, um ihr etwas zu essen zu machen, vermische den geraspelten Apfel mit ein paar Löffeln Joghurt und krümele etwas Zwieback darüber.

Probier doch mal, sage ich. Vielleicht schmeckt es dir ja. Ihre Hände zittern, sie läßt den Löffel aus der Hand fallen. Komm, sage ich, ich helfe dir, und füttere sie mit einem Löffel von dem Brei. Sie macht den Mund auf und schluckt. Verzieht ihr Gesicht. Sauer, sagt sie vorwurfsvoll. Dann schluck es als Medizin, wenn es dir nicht schmeckt, sage ich und halte ihr wieder einen Löffel hin. Sie öffnet den Mund, schluckt aber nicht, sie würgt und schüttelt den Kopf. Will nicht mehr. Schatz, sage ich, du mußt etwas essen, noch immer mit dem Löffel vor ihrem Gesicht. Sie beißt die Zähne aufeinander, als ob sie Angst hätte, daß ich ihn ihr in den Mund schieben würde, wenn sie ihre Lippen öffnet. Plötzlich stehe ich da und lache nervös: Erinnert es dich nicht an irgend etwas, frage ich, weißt du noch, wie oft du so vor mir gestanden hast, mit einem Löffel, weißt du noch, daß du genau dasselbe sagtest, Schatz, du mußt etwas essen? Ich denke, du siehst jetzt genauso aus wie ich damals. Muß ich dir auch einen Klaps geben?

Sie kann nicht darüber lachen.

Ich habe dich nie geschlagen, sagt sie.

Na sicher, sage ich vergnügt, und mehr als einmal. Erinnerst du dich nicht mehr an das letzte Mal? Damals war ich schon genauso groß wie du. Es war unten in der Küche. Du knalltest mir eine, weil ich frech war, und ohne darüber nachzudenken knallte ich dir eine zurück. Das war das letzte Mal. Weißt du es nicht mehr?

Das stimmt nicht, sagt sie, ich habe dich nie geschlagen. Ich lasse es dabei, stelle die Schüssel mit dem Joghurt beiseite.

Ich möchte einen Erdbeermilchshake, sagt sie.

Ich glaube, daß du dich entscheiden mußt, sage ich. Ich hole dir gerne drei Erdbeermilchshakes am Tag, wenn es das ist, was du willst. Aber du weißt, daß es nicht gut ist und daß du dann auf dem besten Weg bist, doch wieder ins Krankenhaus zu müssen.

Ich gehe nicht mehr ins Krankenhaus, sagt sie. Aber ich möchte gern einen Milchshake.

Ein neues Problem taucht auf. Als ich Tee machen will, zieht mich die Reinemachefrau hinter die Küchentür und flüstert mir zu, daß sie ein Problem habe. Sie möchte so gerne mit ihrem Mann eine Woche in Urlaub fahren, am liebsten zwei Wochen, aber jedesmal, wenn sie vorsichtig beginnt, davon zu sprechen, tut meine Mutter, als hörte sie nicht. Ich kann auch für Ersatz sorgen, flüstert sie. Und ehrlich, ich habe es dringend nötig, es ist nicht leicht so, ich werde auch schon nervös davon. Ich will nicht wegfahren, wenn ihr alle im Urlaub seid, oder bis September warten, das dauert so lange, wir sind schon seit einem Jahr nicht mehr weggewesen ...

Ich sehe mal, ob ich irgend etwas regeln kann, sage ich.

Ich habe euch gehört, sagt meine Mutter, worüber habt ihr gesprochen?

Die Reinemachefrau steht etwas betreten auf der Türschwelle zum Schlafzimmer.

Über die Ferien, sage ich. Frau Teunissen möchte gern eine Woche Urlaub haben, und es scheint mir vernünftiger zu sein, wenn sie geht, solange ich noch da bin. Ich komme doch beinahe jeden Tag und kann für dich leicht die Einkäufe erledigen, und zum Saubermachen kann solange jemand anderes kommen, es wird übrigens auch gar nicht so sehr schmutzig jetzt, wo du nur das Schlafzimmer benutzt.

Sie stöhnt bei jedem überzeugenden Satz, den ich ausspreche. Frau Teunissen ist blaß geworden und hält sich mit zitternden Händen am Türpfosten fest. Sie sieht aus, als ob sie die Nächste ist, die gleich zusammenbricht. Meine Mutter, die es gesehen hat, zieht sich die Decke über den Kopf und stöhnt jetzt noch lauter. Frau Teunissen tritt langsam den Rückzug an, aber ich sage: Es geht schon. Wir haben genügend Zeit, um Ersatz zu finden, und ich kann auch etwas tun. Das geht schon in Ordnung.

Frau Meulenbelt, fragt Frau Teunissen, Frau Meulenbelt ... Aber meine Mutter gibt jetzt keinen Laut mehr von sich und bleibt mit ihrem Kopf unter der Decke, als ob sie schon tot wäre. Dann gehe ich kurz noch mal die Küche saubermachen, sagt Frau Teunissen, die aussieht, als ob sie gleich in Tränen ausbrechen würde. Ich nicke. Sie geht.

Mama, sage ich, du kannst wieder hervorkommen. Sie sagt nichts und bewegt sich nicht.

Ich schenke eine Tasse Tee ein und warte, bis sie wieder zum Vorschein kommen wird.

Kurz darauf ist sie wieder so krank, daß ihr Widerstand gebrochen ist. Der Hausarzt hat alles für eine neue Krankenhausaufnahme geregelt. Es geht so nicht, sagt sie selbst. Ich kann nachts vor Schmerzen nicht schlafen, ständig muß ich auf die Toilette, ich bekomme nichts herunter, ich bin zu schwach, um überhaupt die Treppe hochzukommen. Im Krankenhaus ist nachts zumindest jemand da, der einem helfen kann.

Ich bringe sie hin, zum drittenmal. Ihr Fernseher, die Nachthemden, ein paar Rätselhefte. Pack das auch mal in die Tasche, sagt sie, als ich mein neuestes Buch in der Hand halte, das auf ihrem Nachtschrank lag. Liest du das, frage ich, es scheint mir etwas zu anstrengend zu sein, wenn du im Krankenhaus liegst. Ach, sagt sie vieldeutig, wer weiß, vielleicht schaffe ich es ja noch; aber ich weiß mittlerweile, warum sie das Buch mitnehmen möchte. Um es herzuzeigen, nicht um es zu lesen.

18

Die Sommerferien nähern sich. Ernst und ich wollen nach Frankreich und Italien, aber haben noch immer nicht entschieden, ob und wann wir fahren. Ich gehe mit mir zu Rate. Kann ich weg, während meine Mutter krank ist, darf ich weg? Ist es herzlos? Wie krank ist sie eigentlich? Ist es abzusehen oder bleibt es noch jahrelang so? Womit muß ich rechnen? Ich rede mit den Ärzten, aber die wissen es auch nicht. Sie kann sich erholen. Es kann schlimmer werden. Im Augenblick ist ihr Zustand stabil.

Wir können auch hierbleiben, sagt Ernst. Aber ich möchte so gerne weg. Nicht nur, um von der ständigen Durcharbeiterei wegzukommen, von der Post und dem Telefon und dem Haushalt, sondern auch, ja, gib es nur zu, um für eine Weile von meiner Mutter befreit zu sein. Ich hatte gehofft, daß es etwas leichter werden würde, jetzt, da sie wieder im Krankenhaus liegt, umgeben von einem Stab von Ärzten, der für sie sorgt. Aber so funktioniert es nicht. Alte Muster. Das, worüber sie gestern noch froh war, ist heute wieder normal. Daß ich jeden Tag komme. Daß ich in den Tagen, in denen ihre Reinemachefrau nicht da ist, den Kater füttern gehe. Ich versuche ab und zu einen Tag zu überschlagen, ihr Zustand ist jetzt doch stabil, aber wenn ich dann am Tag darauf in ihr Zimmer komme, ist sie mürrisch, kurz angebunden, als ob ich – wie früher – monatelang weggewesen wäre. Deine Schwägerin war gestern hier, sagt sie. Nett, nicht? Bräuchte sie überhaupt nicht zu machen.

Und das, obwohl sie mit drei Kindern dasitzt. Ich höre den Unterton. Ich wohne eine Viertelstunde vom Krankenhaus entfernt, von meiner Arbeit sind es zehn Minuten zu Fuß. Ich habe keine Familie, keine kleinen Kinder. Morgen komme ich wieder, einverstanden, sage ich. Wenn es nicht zuviel verlangt ist, sagt sie. Ich versuche, es anders anzupacken. Häufiger hinzugehen, aber nicht mehr eine Stunde lang dazubleiben. Wenn ich erst eine halbe Stunde, eine Viertelstunde vor Ende der Besuchszeit hingehe, dann sitze ich nicht da und schaue ständig verstohlen auf meine Uhr, was sie unwiderruflich merkt, und dann braucht sie nicht zu sagen: Wenn du dich langweilst, geh mal lieber wieder.

Ich habe ihr das Buch mit den Männerinterviews gegeben. Einige davon hat sie gelesen. Manche sogar zweimal. Du bist sehr nett zu ihnen gewesen, sagt sie. Und das, obwohl du doch so eine kritische Feministin bist. Vertraust du ihnen denn?

Wir haben nur Männer ausgewählt, die wir gut finden, sage ich.

Hier, sagt sie, und schlägt ein Interview auf, dieser Vredeling, der Minister, dem sieht man doch schon von weitem an, daß man so einem nicht vertrauen kann, mit einem solchen Mund. Warum hast du ihn genommen und nicht Minister Lubbers, der hat ein offenes Gesicht. Oder hast du etwas gegen Lubbers? Wer ist denn dann deiner Meinung nach ein guter Politiker?

Das kann ich so doch nicht sagen, sage ich. Es geht doch nicht nur darum, was für einen Mund sie haben, sondern um die Partei, der sie angehören, und darum, was sie machen ...

Wer macht denn etwas richtig, deiner Meinung nach, drängt sie mich.

Hör mal, sage ich ausweichend, das ist nicht so einfach, das kann ich nicht so leicht ...

Du nimmst mich nicht ernst, sagt sie. Als ob du mit mir nicht über ernste Themen reden könntest, mit Ernst unterhältst du dich doch auch über Politik? Ich denke nach und sage vorsichtig, mir gefällt es nicht, mich mit dir zu streiten.

Wer redet denn vom Streiten, fährt sie mich an. Ich will einfach nur ein interessantes Gespräch mit dir führen. Feige, verstehst du, feige bist du.

Sie ruft mich bei der Arbeit an. Ob ich ihr Geld von der Bank holen kann, sie muß die Telefonrechnung bezahlen und die Zeitung. Schade, daß du das nicht früher gesagt hast, sage ich. Ich komme hier nicht weg, bevor die Bank schließt, ich sitze hier mit den Abschlußarbeiten. Und ich hatte dir doch gesagt, daß ich morgen erst kommen würde? Na ja, wenn es zuviel verlangt ist, sagt sie, du brauchst ja nicht hereinzukommen, du kannst das Geld auch beim Portier abgeben. Das ist es nicht, sage ich, wenn ich kommen kann, will ich dich natürlich auch sehen, aber ich habe noch eine Nachbesprechung, heute abend dann die Sitzung im Verlag und nur eine dreiviertel Stunde Zeit dazwischen, um etwas zu essen. Ich höre, wie defensiv meine Stimme schon wieder klingt. Die Telefonrechnung kann doch morgen auch noch bezahlt werden, du läufst doch nicht weg? Hast du keinen Scheck? Sie seufzt. Ich versuche noch vorbeizukommen, sage ich, aber ich kann es nicht versprechen.

Ich leihe mir das Geld von einer Kollegin, hole mir einen Hamburger, für sie einen Erdbeermilchshake.

Oh, sagt sie, ich dachte, du würdest nicht kommen.

Aufrecht sitzt sie in ihrem Bett und sammelt Beschwerden. Ihre Zimmertür ist weit geöffnet, weil sie zur Klaustrophobie neigt. Aber vor allem, denke ich, um alles genauestens zu beobachten. Um genau mitzubekommen, daß die Krankenschwestern schon wieder Kaffee oder Tee trinken. Um mitzubekommen, daß die anderen Patienten zuviel Krach machen. Soll ich dann die Tür zumachen, fragt die Oberschwester, aber das will sie nicht. Und das Fenster muß offen sein. Frau Meulenbelt, es zieht, sagt die Oberschwester, wir sind hier in einem Krankenhaus, aber das ist für sie kein Argument.

Ich bezahle hier pro Tag achtzig Gulden extra, sagt sie, da werde ich doch wohl in meinem eigenen Zimmer bestimmen können, ob das Fenster offen oder geschlossen ist.

Jedesmal, wenn ich bei ihr vorbeikomme, hat sie eine neue Beschwerdeliste fertig. Pudding haben sie ihr an diesem Morgen gebracht, an Stelle von Brei. Sie will keinen Pudding. Sie hat sage und schreibe dreimal klingeln müssen, bevor sich jemand bereit gefunden hat, noch Brei für sie zu kochen. Ihre Medizin ist genau eine Dreiviertelstunde zu spät gekommen. Die Leute aus dem Zimmer nebenan, die gehen können, bleiben in ihrer Türöffnung stehen, wenn bei ihr der Fernseher läuft. Dann mache ich ihn eben so lange aus, bis sie wieder weg sind, sagt sie mit grimmiger Befriedigung. Kannst du denn nicht die Tür zumachen, frage ich. Aber nein, die Tür muß geöffnet sein. Sie meckert nie laut, mit ihrer wohlerzogenen Damenstimme, aber sie verzieht ihren Mund zu einem schmalen Strich.

Man sollte doch meinen, daß es nicht zuviel verlangt ist, schnell einmal Brei zu kochen. Ich sage lieber nicht, daß dies kein Hotel ist, sondern ein Krankenhaus, und daß sie nicht die einzige Patientin ist, wenn sie die Krankenschwester gerufen hat und böse wird, wenn die nicht sofort angetrabt kommt.

Ich packe das sechste Paar Pantoffeln aus, das ich für sie gekauft habe. Ihre Wünsche sind sehr präzise, Größe 37½. Sie haben keine halben Größen bei Pantoffeln, habe ich noch gesagt, aber sie besteht trotzdem darauf. Ohne Absatz, denn dann knickt sie um. Ohne Gummizug, denn die kann sie nicht schnell genug anziehen. Aber doch mit einer Ferse, nicht solche Latschen. Nicht zu breit in der Form, denn sie hat schmale Füße. Und vor allem innen kein Fell. Dann also wieder die gleichen wie letztes Mal, frage ich hoffnungsvoll, aber die sind auch nicht richtig, denn nach einer Woche stieß ihr großer Zeh durch eine Naht. Und daß sie dann auch noch soviel Geld dafür verlangen, sagt sie. Ich habe alles versucht. Schatz, es ist Sommer, sage ich mit verhaltenem Ärger, das ist nicht die richtige Zeit, um Pantoffeln zu kaufen. Na ja, sagt sie, als sie ihre neuen Schlappen betrachtet. Dann müssen die es eben tun. Ein Seufzer entschlüpft mir, bevor ich es verhindern kann.

Ich weiß genau, daß ich allen zur Last falle, sagt sie bitter. Kind, wenn du nur wüßtest, wie schrecklich es ist, von allen abhängig zu sein. Und als sie zur Toilette geht, geht sie barfuß.

In einem Anlauf, die Last etwas zu verteilen, schlage ich ihr vor, ein paar ihrer alten Freundinnen anzurufen; die Leute aus dem Tennisclub etwa, ob die sie nicht mal besuchen kommen können. Will sie das nicht? Soll ich anrufen? Ach nein, sagt sie. Die Krankenschwester fragte das auch schon, aber ich habe gesagt, meine Tochter kommt doch beinahe täglich, ich brauche keine anderen Leute. Auch Margreet nicht? Du sagst doch immer, daß du dich so gerne mit ihr unterhältst. Margreet redet zuviel, sagt sie, das kann ich jetzt nicht ertragen. Und, sagt sie jetzt in verschwörerischem Ton, nicht daß ich etwas dagegen hätte, aber meiner Meinung nach ist sie lesbisch. Warum, frage ich, bereits auf der Hut. Na ja, sagt sie, sie legt mir jedesmal ihre Hand aufs Bein, und letztesmal nahm sie meine Hand und küßte sie ... Ich sehe meine Mutter an, mit ihrem von der Hormonkur aufgedunsenen Gesicht, Erdbeermilchshake auf ihrem Kinn. Und weißt du, was sie auch einmal erzählte, daß sie so einen Widerwillen hätte, mit ihrem Mann zu schlafen ...

Na, sage ich, du brauchst nicht lesbisch zu sein, um dich vor Männern zu ekeln, das kommt doch in den besten Familien vor.

Ich sage ja schon nichts mehr, sagt sie, ihren Mund zu einem Strich verzogen, wenn du so reagierst. Ich sage doch nichts

Schlimmes. Ich habe doch auch nichts dazu gesagt, als du … Obwohl ich es überhaupt nicht einfach fand, daß meine Tochter …

Ich sehe aus dem Fenster. Wenn man sich aufrecht hinsetzt, kann man gerade die Spitze des Rosenstrauches sehen, der auf dem Innenhof des Krankenhauses steht. Eine große gelbe Rose ist aufgeblüht.

Schöne Rose, sage ich.

Das sagtest du gestern bereits, sagt sie.

Am nächsten Tag habe ich Halsschmerzen. Bellend und hustend überstehe ich den Tag. Ich rufe meine Mutter an. Heiser höre ich meine eigene Stimme zu ihr sagen, es scheint mir vernünftiger zu sein, daß ich heute nicht komme, wenn ich dich anstecke, geht's dir nur noch schlechter.

Ich glaube, daß wir doch in Urlaub fahren müssen, sage ich zu Ernst. Wenn wir nun nicht weiter fahren als eine Tagesreise entfernt, und jeden Tag anrufen? Scheint mir eine gute Idee zu sein, sagt er. Ich werde bei ein paar Hotels rumtelefonieren.

Ich bringe ihr die Liste mit den Telefonnummern und Adressen der Hotels. Ich verspreche, sie jeden Tag anzurufen. Wir fahren nicht weit weg, nur eine Tagesreise entfernt, sage ich. Sie sieht das Papier, das ich ihr gebe, nicht an. Leg mal hin, sagt sie.

Nachdem ich nun tagelang hustend und keuchend herumgelaufen bin, sind die Halsschmerzen verschwunden, kaum daß wir einen Tag in Frankreich sind.

19

Weg. Weg. Eine Weile nicht mehr die Gänge des Krankenhauses entlanglaufen, am Pförtner vorbei, links ab, rechts, rechts, links zum Zimmer 14, dessen Tür manchmal offensteht, manchmal geschlossen ist. Zuweilen träume ich von diesen Fluren, von dieser Tür. In Paris schlendern wir über den Père-Lachaise. Ich mag Friedhöfe und Gräber, dort ist es still. Wir suchen die Grabsteine von Chopin, Proust, Oscar Wilde, Gertrude Stein und Alice Toklas. Abends essen wir in der Gegend vom Terminus-Nord. Über die Schalenberge von Muscheln, Austern und Krabben hinweg bekomme ich Streit mit Ernst, der meint, daß er nicht verstehe, warum ich mich von meiner Mutter so aus der Fassung bringen lasse. Weißt du noch, wie durcheinander du sein konntest wegen *deiner* Mutter, frage ich ihn. Aber er sagt, daß er seine Geschichten mit ihr abgeschlossen hatte, als sie krank wurde, und daß kein unverarbeiteter Ärger mehr da war, als sie starb. Er meint es bestimmt nicht so, aber es klingt wie Kritik. Als würde ich mich nicht genügend anstrengen. Ich versuche ihm zu erklären, wie das ist, neben ihrem Bett zu sitzen, nach irgend etwas suchend, was ich ihr erzählen könnte, wenn sie sagt: Erzähl mir doch mal etwas Nettes. Dann erzähl ihr doch etwas Nettes, sagt Ernst, du bist doch nicht auf den Mund gefallen. Dann plaudere doch über irgend etwas, über deine Arbeit, über deinen Sohn oder über uns. Von meiner Arbeit versteht sie nichts, sage ich. Von Armin versteht sie auch nichts. Sie sitzt nur da und wartet darauf zu hören, daß ich Schwierigkeiten mit ihm habe, weil sich Pubertierende nun einmal von ihren Müttern abgrenzen müssen und es sie so erleichtern würde, wenn ich die gleichen Schwierigkeiten mit ihm hätte wie sie seinerzeit mit mir. Dann gib ihr doch ihren Willen, sagt Ernst. Was stört es dich, wenn sie ein bißchen beruhigt werden will, daß sie es nicht so ganz falsch gemacht hat. Ich kann es nicht ertragen, schreie ich nun beinahe, der Junge mit der weißen Schürze, der die leergegessenen Schalen abtragen will, verschwindet rasch wieder. Dieser Triumph in ihren Augen, als ob sie mich ertappt hätte, wenn Armin sie einmal anruft und fragt, ob sie wüßte, wo ich stecke. Diese Stimme, mit der sie dann sagt: Ihr seht euch auch nicht oft, nicht, Armin wußte nicht einmal, wo du warst. Die kleinen Randbemerkungen, wenn ich etwas von mir und Ernst erzähle, als wäre ich nun endlich zur Vernunft gekommen, als wären all die Jahre mit einer Frau lediglich eine Art Irrtum gewesen, dieser Blick, als wollte sie sagen: Das habe ich mir schon gedacht. Sie ist eifersüchtig, sagt Ernst, aber das ist doch nicht so verwunderlich. Du hast all das gemacht, was sie sich selbst nicht erlaubt hat, wozu ihr der Mut fehlte. Genau, sage ich, Eifersucht, das ist es. Sie ist erst zufrieden, wenn ich es schwer habe, wenn ich erzähle, was gut läuft, hört sie es nicht, immer sitzt sie da und sucht nach irgend etwas, das ich falsch gemacht habe.

Aber sie ist auch stolz auf dich, verteidigt Ernst sie, sie zeigt jedem deine Bücher, wenn ein neues Interview erscheint, schneidet sie es aus …

Das macht sie nicht meinetwegen, das macht sie, um zu zeigen, daß ihre Tochter bekannt ist. Für mich hat sie sich doch nie wirklich interessiert, nach zehn Jahren weiß sie immer noch nicht, was ich studiert habe, ich habe es ihr schon zwanzigmal erzählt. Letztens fragte sie mich, ob ich noch keine Brille bräuchte. Ich hatte schon mit zehn Jahren eine Brille. Das hatte sie auch vergessen. Ich könnte sie wirklich erwürgen, sie mit ihren Urteilen und Vorurteilen, wie sie dasitzt mit ihrem falschen Blick und dem Erdbeerzeug auf ihrem Kinn, und ganz gleich, wie viele Pantoffeln ich auch anschleppe, es ist nie richtig, was ich mache ... Ich fange an zu husten. Mein Hals tut wieder weh.

Mädchen, Mädchen, sagt Ernst freundlich, damit bist du noch nicht durch, glaube ich. Ich schweige. Arschloch, denke ich. Auch du begreifst überhaupt nichts. Du weißt ja nicht, wie sehr ich mich anstrenge, du weißt ja nicht, wieviel Kraft es mich kostet. Als läse er meine Gedanken, sagt er: Es ist keine Kritik, verstehst du. Ich finde gar nicht, daß du falsch damit umgehst. Natürlich ist sie eine Nervensäge, und es ist eine nervige Situation. Aber du könntest es dir etwas weniger zu Herzen nehmen.

Der Ober traut sich wieder näherzukommen. Möchtest du einen Cognac zum Kaffee, fragt Ernst. Ich nicke.

Du bist immer noch böse auf sie, sagt Ernst. Aber du hast Möglichkeiten, die sie nicht hat. Du kannst über deinen Groll hinweggehen. Du würdest es dir doch selbst übelnehmen, wenn sie demnächst ihren letzten Atemzug täte und du nicht alles getan hättest, was du konntest, nicht?

Ja, sage ich, das stimmt.

Ich rufe sie aus dem Hotel an, morgens, bevor wir weiterfahren. Wie geht es dir, frage ich.

Schlecht, sagt sie.

Wieso schlecht, frage ich.

Einfach schlecht, sagt sie ungeduldig. Es ist einen Moment lang still, ich überlege, was ich sagen soll. Wo steckt ihr, fragt sie.

Frankreich, sage ich.

Ja, das weiß ich ja, sagt sie, aber wo in Frankreich?

Paris. Wir fahren gleich weiter. Morgen früh rufe ich dich wieder an. Wenn du das möchtest, zumindest, sage ich. Hat der Arzt irgendwas gesagt?

Der Arzt sagt nie etwas, sagt sie. Stille.

Hat dich Armin noch besucht, frage ich.

Nein, der wird wohl zuviel mit seiner Freundin zu tun haben, sagt meine Mutter.

Ruf ihn doch kurz mal an, schlage ich vor. Wenn du sagst, daß du es schön fändest, wenn er käme, kommt er gerne.

Mal sehen, sagt sie. Jetzt bin ich müde. Ich hänge auf.

Bis morgen, sage ich, und viele Grüße von Ernst.

Gut, sagt sie.

Ich versuche, sie jeden Morgen anzurufen. Manchmal vom Hotel aus, manchmal stehe ich auf der Post mit einer Handvoll Münzen in der Schlange. Die Gespräche werden von Mal zu Mal einsilbiger. Kurz angebunden. Auf die Frage, wie es ihr geht, gibt sie keine Antwort mehr.

Dumme Frage, sagt sie, was soll ich darauf denn schon sagen.

Na, sage ich, wie es dir geht, das möchte ich natürlich ganz gerne wissen. Was willst du hören, sagt sie, daß es mir schlecht geht?

Ab und zu rufe ich die Oberschwester an, um von ihr zu erfahren, wie es um sie steht. Wenig Veränderung, sagt sie. Der Zustand ist stabil. Sie können nicht viel dazu sagen. Ja, wenn es einen Grund für meine Rückkehr geben sollte, würden sie mir sofort Bescheid geben.

Eine halbe Stunde dauert es ungefähr, bis ich nach so einem Telefonat die Beklemmung abschütteln kann. Ernst hat sich darauf eingestellt, daß ich nicht zu genießen bin, wenn ich aus der Telefonzelle zurückkehre. Er behandelt mich, als wäre ich aus zerbrechlichem Porzellan, bis er an meinem Gesicht ablesen kann, daß ich wieder da bin, in Frankreich, zwischen den blühenden Lavendelsträuchern und dem Duft von Thymian. Die Haut-Provence. Irgend etwas ist mit dem Auspuff nicht in Ordnung; während er repariert wird, essen wir in einem kleinen Restaurant am Weg. Als wir den Wagen nach Stunden wieder abholen können, sind wir spät dran. Im Hotel angekommen, wo wir ein Zimmer bestellt hatten, stellt sich heraus, daß es ein Mißverständnis gegeben hat. Es ist kein Zimmer mehr frei. Wir fahren weiter in das nächste, hoch in den Bergen; stundenlang fahren wir über einen schlecht ausgebauten, in die Felsen gehauenen Weg. In dem Hotel, das belegt war, hatte ich gefragt, ob sie Telefonate und Telegramme an das andere Hotel weiterleiten können, denn nun stimmt die Telefonnummer ja nicht mehr, die ich im Krankenhaus hinterlassen habe. Als wir in dem anderen Hotel ankommen, ist es zu spät, um noch anzurufen. Morgen früh wieder.

Ihre Stimme klingt merkwürdig vergnügt und undeutlich, so als ob sie etwas beschwipst wäre. Ich schlucke gerade noch das «wie geht es dir» hinunter und sage: Du klingst gut gelaunt, geht es dir besser?

Operiert, sagt sie, beinahe singend, sie haben mich wieder operiert. Heute nacht.

Woran, sage ich erschrocken.

Weiß ich nicht, sagt sie, und: Tschüs! Sie hängt auf. Ich rufe die Oberschwester an. Notoperation, sagt sie. Ein Darmdurchbruch, nein, keine Lebensgefahr mehr, aber es hat nicht viel gefehlt. Wir haben mit Ihrem Sohn telefoniert, der war hier heute nacht. Ich glaube, er hat versucht, Sie anzurufen. Ich versuche, Armin zu erreichen. Als ich ihn endlich erwische, bestätigt er, daß er ein Telegramm in das Hotel geschickt hat, das ich angegeben hatte. Als ich die Zeit erfahre, muß das gewesen sein, bevor wir dort ankamen, aber angesichts der Tatsache, daß sie uns irrtümlicherweise nicht eingetragen hatten, haben sie es nicht angenommen. Einen einzigen Tag sind wir nicht zu erreichen, und ausgerechnet dann passiert etwas. Wir überlegen. Soll ich zurückfahren? Ich glaube nicht, daß es nötig ist, sagt Armin. Heute nacht hätte ich schon gern mit dir darüber gesprochen, als sie sagten, daß sie sie operieren würden, aber als du auf das Telegramm nicht reagiertest, bin ich halt ins Krankenhaus gegangen, und nun geht es schon wieder. Ich weiß jetzt, wo ihr steckt. Wenn es nötig ist, rufe ich an.

Als sich meine Mutter nach ungefähr zwei Tagen genügend erholt hat, um ans Telefon zu gehen, wiederholen sich die Gespräche von vor ihrer Operation. Kurz angebunden. Es tut noch weh, sagt sie. Ich darf nichts essen. Ich schlafe schlecht. Wann kommt ihr zurück, fragt sie. Montag fahren wir zurück, sage ich, Dienstag bin ich wieder bei dir. Am Wochenende haben wir noch eine Verabredung in Aix, mit Freunden von Ernst. Ich höre, wie ich schon wieder am Erklären bin, als fragte ich sie um Erlaubnis. Ich rufe dich dann von dort aus wieder an. Sie sagt nichts. Wie gewöhnlich ist sie es, die das Gespräch abbricht.

20

Da bin ich wieder, rufe ich so fröhlich wie irgend möglich, als ich das Zimmer betrete, in dem sie liegt. Ich lege die Blumen auf ihr Bett und beuge mich über sie, um sie zu küssen. Ich sehe sofort, daß es schlecht um sie steht, sehr schlecht. Geht es dir nicht gut mit dem Darm, frage ich. Doch, sagt sie. Hast du noch Schmerzen? Nein, sagt sie. Und bricht dann in Tränen aus. Ich bin so allein gewesen, du hättest mich nicht allein lassen dürfen, ich bin so allein gewesen, du hättest nicht in Urlaub fahren dürfen, für mich wird es nie mehr Urlaub geben, und du bist noch jung, du kannst jedes Jahr wegfahren, du hättest ihn doch einmal ausfallen lassen können ... Die Reinemachefrau, die neben ihr sitzt, ergänzt noch: Es war sehr schwer für Ihre Mutter, verstehen Sie, ich habe sie so oft wie möglich besucht, aber es war sehr schwierig ohne Sie, und Ihr Bruder war auch schon weg ... Auch sie hat Tränen in den Augen. Zwei Paar vorwurfsvolle Frauenaugen sehen mich an. Mir wird ein bißchen übel. Ich setze mich hin und sage so freundlich wie möglich: Aber ich habe doch angeboten, zu Hause zu bleiben, und da warst du böse, daß ich das entscheiden wollte, ohne daß du es für nötig hieltst. Erinnerst du dich noch?

Es nützt nichts. Meine Mutter jammert weiter, die Reinemachefrau gibt ihr ein Taschentuch. Ich gehe mal lieber, sagt sie, Sie haben Ihre Tochter so lange nicht gesehen, Sie werden bestimmt viel zu besprechen haben. Ergreift meinen Arm, als ich aufgestanden bin, und flüstert mir zu, laut genug, daß meine

Mutter es auch hört: Sie hätten Ihre Mutter wirklich nicht so lange allein lassen dürfen. Sie ist so einsam gewesen.

Plötzlich siegt die Wut über das schmerzhafte Gefühl, daß ich schon wieder etwas falsch gemacht habe. Wie lange ist es her, daß ich offen böse auf meine Mutter gewesen bin? Jahre, Jahre. Ich habe es immer hinuntergeschluckt, denn die Folgen waren immer schlimmer als die Erleichterung des Augenblicks selbst. Dieses schreckliche Leiden. Diese gequälte Stille. Wie mußte ich mich drehen und winden, um es wiedergutzumachen. Lieber biß ich die Zähne zusammen und sagte nichts. Bis ich nichts mehr zu sagen hatte.

Hör mal zu, sage ich. Ich habe jeden Tag angerufen. Warum hast du mir nicht gesagt, wie schlimm es um dich stand.

Ich habe doch gesagt, daß es mir schlecht geht, sagt sie. Du hättest doch hören können, wie schlecht es mir ging?

Du sagst immer, daß es dir schlecht geht, sage ich. Seit Monaten. Warum hast du nicht gesagt, daß du möchtest, daß ich zurückkomme?

Aber ich wußte doch nicht, ob du das wolltest, sagt sie.

Verdammt noch mal, bricht es aus mir heraus, jeden Tag habe ich angerufen, ich habe dich gefragt, ob ich in Amsterdam bleiben soll, und du sagtest nein. Ich bin mit Absicht nicht weiter weggefahren als eine Tagesreise entfernt, so daß ich sofort hätte hier sein können, du hättest Armin bitten können, mich anzurufen und mir zu sagen, daß ich zurückkommen soll, die Krankenschwester hätte es machen können, du hattest eine Liste mit Telefonnummern und Adressen.

Aber ich wußte doch nicht, ob du kommen würdest, wenn ich dich darum bitten würde, sagt sie.

Habe ich dich jemals im Stich gelassen, wenn du mich um irgend etwas gebeten hast, als dein Kater krank war, als jemand die Einkäufe erledigen mußte, als du untersucht werden mußtest, als du ins Krankenhaus mußtest? Habe ich je nein gesagt?

Sie sieht mich an, plötzlich zahm wie ein Lamm.

Nein, sagt sie. Du hast mich nie im Stich gelassen, wenn ich dich um irgend etwas gebeten habe.

Während ich noch etwas erschrocken dastehe und überlege, was ich jetzt wieder angerichtet habe – böse zu werden auf einen Menschen, der so krank ist –, redet sie plötzlich über alles mögliche, ohne vorwurfsvollen Unterton und ohne ein einziges Mal zu sagen, «man sollte doch meinen, daß das nicht zuviel verlangt ist».

Ich finde es immer schön, wenn du kommst, sagt sie, ich bin dir unendlich dankbar, daß du so oft hier bist und so viel für mich machst, wirklich ...

Ich sehe sie erstaunt an.

Das weißt du doch auch, sagt sie, und ihre Augen füllen sich erneut mit Tränen: Schwester, sage ich nicht immer wieder, wie toll ich es finde, daß meine Tochter so oft kommt ...? Die Krankenschwester, die damit beschäftigt ist, irgend etwas am Tropf neu einzustellen, nickt. Sie spricht häufig von Ihnen, sagt sie, daß sie so froh ist, wenn Sie kommen, daß sie sich mit Ihnen wenigstens gut unterhalten kann, daß Sie ihr eine große Hilfe sind.

Kind, sagt meine Mutter, während sie meine Hand festhält, daß du das nicht weißt.

Es sind beinahe friedliche Tage. Es ist eine schwere Operation gewesen, aber den Umständen entsprechend läuft alles so, wie es soll. Sie zeigt mir den Plastikbeutel auf ihrem Bauch, den künstlichen Darmausgang. Der Arzt sagt, daß es später möglich sei, die Teile des Darms wieder zusammenzunähen. Dann bin ich das Ding endlich wieder los, sagt sie. Und man kann damit sogar Tennis spielen, sagen sie. Ihr Arzt bestätigt, daß alles wieder gut werden kann. Der Vorteil der Operation ist, daß sie jetzt keinen Dickdarm mehr hat, der sich weiter entzünden kann. Vorsichtig fangen wir an zu überlegen, was geschehen muß, wenn sie aus dem Krankenhaus kommt. Müssen wir zusehen, daß wir eine Pflegerin einstellen, die zu ihr ins Haus kommt, oder könnte man sie besser irgendwo anders versorgen, solange sie sich erholt? Es ist Mitte August. Strahlendes Sommerwetter. Ich muß noch nicht zur Arbeit, ich schreibe gerade mein neues Buch. Laufe durch die Stadt, lese die Zeitungen ausführlicher als sonst, schlafe lange aus. Mein Bruder kommt zurück, mit Frau und Kindern. Ich rufe sie an, um sie vorzuwarnen, daß Annie sehr ärgerlich war, weil wir alle weg waren. Ich konnte nicht zurückkommen, verteidigt sich mein Bruder, das Auto war auf meinen Paß eingetragen, ich hätte die Kinder dann auch wieder mit zurücknehmen müssen, und die sehen ihre andere Oma auch nur selten. Aber meine Mutter hat ihre Wut bereits an mir ausgelassen, und als alle wieder da sind, sitzt sie in ihrem Bett, ihre Enkelkinder um sich herum, als ob sie Geburtstag hätte, zufrieden über all die Aufmerksamkeit.

21

Leichtfüßiger als vor dem Sommer gehe ich durch die Flure zum Zimmer 14. Meistens ist die Tür offen, und sie sieht mich kommen. Jetzt ist sie zu. Als ich hereinkomme, scheint sie zu schlafen. Dann sehe ich, daß sie die Augen geöffnet hat und mich beobachtet. Annie, sagt sie zu mir.

Schief sitzt sie in den Kissen ihres Krankenhausbettes. Ihre Augen blicken verschwommen, haben Mühe, auf meinem Gesicht zu ruhen. Wie bereits seit Wochen riecht ihr Zimmer nach einer Mischung aus synthetischer Süße, die ihr rosafarbener Saft verströmt, der auf dem kleinen Tisch neben ihrem Bett steht, und nach Krankheit. Kot und Krankheit. Der Geruch der Windeleimer von früher.

Ich setze mich neben sie und küsse sie auf die Wange.

Ich bin Anja, sage ich. Du bist Annie.

Sie sieht mich forschend an. O ja, sagt sie und sackt dann wieder in sich zusammen.

Ich setze mich neben sie und streichele ihren Arm, der glüht und geschwollen ist. Sie murmelt etwas von Äpfeln.

Einen Apfel, frage ich, ich glaube nicht, daß du das darfst. Soll ich nach Apfelsaft fragen? Nein, schüttelt sie ihren Kopf, ungeduldig, unverstanden: Äpfel.

Und mühsam: Haben sie fotografiert. Will ich sehen. Fotos von Äpfeln? Sie nickt. Der Fotograf. Sie lacht, kurz und mädchenhaft. Durfte man nicht, sagt sie. Habe ich aber doch gefragt. Toll, nicht? Ich nicke nur ein bißchen. Sie murmelt weiter, etwas von einem braunen Bär. Redet auf einmal mit ihrem früheren Utrechter Akzent: Bursche, spricht sie mich an. Ihr Gesicht wird rot, sie pupst gurgelnd, der Gestank verbreitet sich im Zimmer. O je, sagt sie grinsend, als ob sie etwas Unverschämtes getan hätte. Meine anständige Mutter, meine elegante Mutter, die sogar auf dem Operationstisch noch eine Dame bleiben wollte.

Jetzt ist es ihr egal, daß ich dabei bin, wenn die Krankenschwester ihr den Hintern saubermacht, die Verbände wechselt, sie gegen das Durchliegen mit weißer Salbe einreibt. Wenn sie sie umdrehen und es weh tut, krallt sie sich an meiner Hand fest.

Wir tun, was wir können, sagt ihr Arzt, eigentlich müßte sie wieder operiert werden, aber in ihrem jetzigen Zustand steht sie das nicht durch. Es hat sich eine Fistel gebildet. Das letzte Stückchen Darm, obwohl es nicht mehr arbeitet, scheidet immer noch etwas aus. Die Entzündung breitet sich weiter aus.

Aber wir dürfen die Hoffnung nicht aufgeben, sagt er. Es klingt, als sollten wir es aber lieber doch tun. Und die Oberschwester von der Nachtschicht hat den Kopf geschüttelt. Ich solle lieber nicht mehr so fest damit rechnen, daß sie sich erholt, sagt sie. Er ist ein guter Arzt, sagt sie, aber auch einer, der seine Patienten nicht loslassen kann, der bis zum Schluß daran festhält, daß es durchaus noch gut werden kann. Wir können nicht viel mehr machen, als sie künstlich zu ernähren, dafür sorgen, daß sie sauber ist und nicht zu starke Schmerzen hat. Ich bespreche mit meinem Bruder, was wir tun müssen, falls doch noch die Absicht bestehen sollte, sie von neuem zu operieren. Ein neuer Leidensweg, sollen wir dem zustimmen? Was für ein Leben bleibt ihr dann danach, wenn noch mehr entfernt werden muß? Sie hat immer gesagt, wenn ich nicht mehr Tennis spielen und Auto fahren kann, dann gebt mir mal lieber eine Spritze, daran erinnere ich mich noch, aber wie können wir beurteilen, wie sehr sie am Leben hängt, an dem kleinen bißchen Leben, das noch in ihr ist?

Als ich sie wieder besuche, haben sie sie in den Röntgenraum gebracht, um Aufnahmen zu machen. Gehen Sie doch zu ihr, sagt eine Krankenschwester, sie findet es sicher schön, wenn Sie dabei sind. Sie liegt dort schon ein paar Stunden lang. Das Kontrastmittel lief nicht mehr durch ihre Adern, wir haben neue Aufnahmen machen müssen.

Es ist ein ekelhafter, kahler Raum, in dem sie liegt, in einem deprimierenden Grün gestrichen. Sie ruht auf einer flachen, harten Liege und schaut mich an, wie ihr kranker Kater geschaut hat, damals im Wartezimmer beim Tierarzt. Was machen sie, was machen sie, fragt sie ängstlich.

Sie machen ein Foto von deinem Bauch, sage ich.

Foto, sagt sie, Foto?

Ich sehe hoch, an die Decke, die sie sieht, Röhren, Apparate.

Sie sind gleich fertig, sage ich, dann darfst du wieder in dein Zimmer zurück. Sie ist unruhig. Bewegt ihre Beine, die dünnen Schenkel, deren weiße Haut jetzt viel zu groß geworden ist, sucht mit ihrer Hand nach irgend etwas, sieht plötzlich erstaunt auf die Infusion an ihrem Arm. Und plötzlich, ganz klar, schaut sie mich an, und sagt: Arme Anja, was wirst du dich langweilen. Und dann wieder, weggesunken: Nirgendwohin, nirgendwohin.

An ihren Augen sehe ich, daß sie mich erkennt. Aber die Gespräche werden immer verwirrter. Manchmal sitzt sie da und lacht lauthals über etwas, das ich nicht verstehe, manchmal ist sie böse, manchmal in Panik. Ärgerlich, wenn sie etwas sagen will, eine Antwort auf eine Frage haben will, die ich nicht verstehe.

Manchmal geht es ihr etwas besser. Ich helfe ihr, aus einem

Glas mit einem Strohhalm etwas zu trinken. Ihre Hände zittern so stark, daß sie nichts mehr halten kann, aber heute blicken ihre Augen etwas klarer. Sie sagt, sie sei froh, daß ich da bin. Und fragt: Wer hat gestern gewonnen? Beim Tennis, frage ich, war ein Wettkampf?

Nein, hier im Krankenhaus.

Wobei soll jemand gewonnen haben, frage ich. Sie weiß doch, daß ich von Sport überhaupt nichts verstehe.

Versteh mich doch, sagt sie ungeduldig. Ich weiß, daß hier Leute ausgeschieden sind. Dein Bruder, ist der ausgeschieden?

Der kommt gleich, sage ich, um dich zu besuchen.

Warum, fragt sie.

Um dafür zu sorgen, daß du nicht allein bist, sage ich.

Ich bin nicht allein, sagt sie mürrisch.

Allmählich lerne ich, auf ihr Gerede einzugehen. Am besten geht es, wenn ich ohne nachzudenken nur das sage, was mir gerade einfällt. Zufrieden sitzt sie dann manchmal da und nickt, wenn ich irgend etwas von Papageien oder Clowns antworte. Die Zeichnungen, die die Enkelkinder gemacht haben. Da stehen zu viele Buchstaben drauf, sagt sie über eine von ihnen. Manche Leute haben dagegen etwas einzuwenden, sagt sie. Glücklicherweise gibt es noch mehr Buchstaben, sage ich, sonst könnte ich meine Arbeit nicht mehr tun. Sie nickt. Sie ist damit einverstanden, sie hält es für einen klugen Gedanken.

22

Allmählich dringt es zu mir durch, daß sie im Sterben liegt. Eigentlich war das von dem Moment an deutlich, als es sie nicht mehr kümmerte, wie sie aussah, wenn sie eine Krankenhausjacke anhatte, als sie die ersten Haare auf ihrem Kinn wachsen ließ und nicht mehr verbarg, daß sie zwischen ihrem vom vielen Sprayen zu Plastik gewordenen Blond ein Haarteil trägt. Als sie aufhörte, die Lage überblicken zu wollen, über dem Geschehen stehen zu wollen. Von dem Augenblick an, als sich ihre Aufmerksamkeit nach innen richtete und das, was um sie herum geschah, nicht mehr wichtig war. Leg mal hin, sagte sie das letzte Mal, als ich wieder ein Interview aus einer Zeitung mitbrachte, und schaute nicht einmal, wie das Foto aussah, das sie von mir gemacht hatten.

Sie zieht sich in sich selbst zurück, weiter und weiter. Manchmal ist sie in ihrer Vergangenheit. Erschießen, höre ich sie immer wieder sagen. Und einmal: Sie kommen dich holen. Als wollte sie mich warnen. Sie ist ängstlich in diesen Tagen, unruhig. Die Angst, die sie immer geleugnet hat, im Krieg? Und einmal spricht sie mich auf friesisch an: Möchtest du zu mir ins Bett kommen?

Sie wird netter, das Gepanzerte verschwindet, das Vorwurfsvolle. Sie ähnelt mehr den Fotos, die ich aus etwa der Zeit kenne, als sie Mutter geworden sein muß und noch jung war. Es ist nicht schwierig, bei ihr zu sitzen, ihre Hand zu halten und den Wortfetzen aus ihrer Vergangenheit zuzuhören, bei denen ich manchmal den Zusammenhang vermisse, die ich ab und zu aber auch einordnen kann. Böse auf ihren Vater ist sie einmal. Dreckskerl, sagt sie. Es ist nicht klar, ob es sich um meinen Vater handelt oder um ihren, oder ob sie zu einer Person zusammengeschmolzen sind. Die Oberschwester kommt und fragt, ob das Telefon angeschlossen bleiben soll. Sie braucht es nicht mehr, aber die Rechnung läuft weiter. Stehen lassen, beschließen wir. Sie ist unruhiger, wenn sich in ihrer Umgebung etwas verändert, wenn die Sachen nicht dort stehen, wo sie es erwartet. Noch sehr lange hat sie ihre Uhr umbehalten wollen; sie ist ärgerlich, wenn etwas auf ihrem Bett liegt, das dort nicht hingehört.

Ich schlafe viel in dieser Zeit. Bin stiller als sonst. Du trauerst, sagt Ernst. Ich weiß noch, wie das ist. Ist es das? Es ist kein quälendes Gefühl, es ist nicht einmal sehr schwer. Es ist nicht mehr schwer, ins Krankenhaus zu gehen, neben ihrem Bett zu sitzen. Danach hocke ich stundenlang in einem Café, bei mir zu Hause oder bei Ernst, in eine Zeitung vertieft, ohne wirklich zu lesen, ohne irgend etwas zu behalten. Es ist noch immer August. Ich sehe kaum einen Menschen. Ich habe kein Bedürfnis, mit jemandem zu reden. Das Trauern füllt meine Tage.

Die Infusion ist entfernt. Ihre Adern hielten sie nicht mehr. Jetzt, da sie nicht mehr künstlich ernährt wird, versuchen sie es wieder mit normaler Nahrung. Sie haben ihr ein bißchen Hackfleisch, etwas Grünzeug, einen Löffel Kartoffelpüree hingestellt. Ein Schüsselchen Pudding. Sie sieht mich nicht, als ich hereinkomme. Sie hält den Löffel in der Hand, die zittert und zuckt. Unter äußerster Konzentration, wie ein Kleinkind, das gerade lernt, allein zu essen, versucht sie den Löffel in Richtung auf die Puddingschüssel zu führen. Soll ich dir helfen, frage ich, aber sie sieht und hört mich nicht. Ich nehme den Löffel und halte ihr etwas Pudding vor. Sie macht den Mund auf und schluckt wie ein braves Kind. Die Hälfte geht daneben. Mit der Geste, die ich noch von früher kenne, halte ich den Pudding an ihrem Kinn auf und schiebe ihn ihr wieder in den Mund. Nach drei Löffeln wendet sie ihren Kopf ab.

Die Krankenschwester kommt mit Tabletten herein, die meine Mutter einnehmen muß. Sie macht mir vor, wie ich sie im Pudding zerkrümeln kann. Ich halte ihr noch einmal den Löffel vor. Sie schluckt. Rümpft die Nase. Es gefällt ihr nicht. Beim nächsten Löffel behält sie ihre Lippen fest aufeinander gepreßt. Schatz, bitte, sage ich, es ist wegen der Tabletten, damit es dir besser geht. Gequält öffnet sie ihren Mund wieder, sie ißt, schluckt aber nicht und versinkt in ihre Träume.

Möchtest du etwas trinken, gegen den Geschmack, frage ich.

Plötzlich sieht sie mich wieder an, fast klar, und mit ihrer höflichsten Stimme sagt sie: Im Moment nicht, dank dir, Schatz, um dann wieder wegzusinken in ihre eigene Welt.

Es ist Freitag abend. Ich bin an diesem Tag schon im Krankenhaus gewesen. Ernsts Söhne waren zum Essen da. Wir sitzen mit dem letzten Glas Wein am Tisch, ich bin müde, aber entspannt. Die Jungen haben gerade den Fernseher angestellt. Das Telefon klingelt. Ruben, der Jüngste, nimmt ab, sagt, ich hole sie und kommt zu mir: Das Krankenhaus. Während Ernst sagt, daß sie das Fernsehen leiser stellen sollen, höre ich die Stimme am anderen Ende: Eine Krise. Der Blutdruck ist fast auf Null gesunken, ob ich bitte sofort kommen könnte. Meine Hände werden kalt, einen Moment lang scheint sich alles um mich herum in Zeitlupe zu bewegen. Micha, der Älteste, bietet mir an, mich im Auto hinzubringen. Ich nehme dankbar an. Es geht nicht schnell genug, wir müssen durch die Innenstadt, an allen Grachten hupende Autos und Scharen von Leuten, die ausgehen wollen. Wir stecken immer wieder fest. Als ich das Zimmer betrete, kann ich meine Mutter zuerst nicht sehen, zu viele Leute stehen um ihr Bett herum, Ärzte, Krankenschwestern. Angestrengt versucht jemand, erneut einen Tropf in ihren kaputten Adern zu befestigen, ein anderer mißt den Blutdruck. Er steigt, man kann ihn wieder messen, die Leute, die um ihr Bett herumstehen, entspannen sich, beginnen zu reden, erzählen mir, daß die Krise vorbei sei. Meine Mutter ist rot und schwitzt. Ich kann nicht mehr, sagt sie. Ich will nicht mehr. Ich muß nach Hause. Mein Bruder kommt, und meine Schwägerin, wir trinken Kaffee.

Als ich nach einer knappen Stunde weggehe, lächelt sie mich an wie ein Engel.

Wir haben Anfang September. Es ist regnerisch. Das Lämpchen über ihrem Bett ist eingeschaltet wie an einem Winternachmittag. Von draußen kommen die Geräusche eines Rasenmähers, Kaffeetassen klappern auf dem Flur, ich höre die Krankenschwestern lachen. Die Tür klappert leicht im Wind. Sie scheint etwas zu hören, aber etwas anderes als ich.

Mit ihrer Hand, die frei von Infusionsschläuchen ist, sucht sie nach der Klingel für die Krankenschwester. Es gelingt ihr nicht.

Was möchtest du, was soll die Krankenschwester tun, frage ich.

Ich sehe, daß sie versucht, sich zu konzentrieren, aber sie sagt nichts.

Hast du irgendwo Schmerzen, frage ich.

Ja, Schmerz, flüstert sie.

Was tut dir weh?

Zwei Kinder, sagt sie, zwei Kinder.

Was soll die Krankenschwester machen?

Kinder holen.

Ich bin doch da, sage ich.

Sie müssen zuhören, sagt sie, kaum hörbar.

Ich höre zu, sage ich.

Sie schweigt.

Sie sieht nicht mehr hoch, wenn ich die Tür öffne. Ich nehme ihre Hand, aber sie scheint es nicht zu merken.

Erinnerst du dich noch, sagt sie einmal und beendet den Satz nicht.

Ich sitze dicht neben ihr, mein Kopf neben dem ihren, um sie verstehen zu können, falls sie etwas sagt. Einmal öffnet sie die Augen. Du mußt ein bißchen ... sagt sie.

Ein bißchen was?

Zur Seite, sagt sie.

Ich bin ihr zu nahe. Einen Moment lang fühle ich mich wie früher, weggeschoben, überflüssig. Dann gewinnen Respekt und Erleichterung die Oberhand. Sie braucht mich nicht mehr. Es scheint, als wäre sie auf eine Reise gegangen, auf die ich ihr nicht folgen kann und auf der sie auch niemanden dabeihaben möchte.

Weißt du, wer ich bin, frage ich sie noch einmal, als sie ihre Augen geöffnet hat und ihr Blick suchend an meinem Gesicht hängenbleibt. Sie reagiert nicht. Ich denke, daß es nun schon egal ist.

Willst du etwas trinken, frage ich. Dann sagt sie noch ein paar Worte, die ich verstehen kann, ihre letzten, laut und deutlich: Ich habe hier ja doch nichts zu erzählen.

Danach spricht sie nicht mehr. Manchmal ein zuckender Mundwinkel, wenn ich etwas zu ihr sage, etwa: Morgen komme ich wieder, als ob sie versuchen würde zu lächeln.

Sie röchelt. Ihre Atemwege sind verschleimt. Die Körperpflege ist zu einem richtigen Ritual geworden, sehe ich, als die Krankenschwestern sie saubermachen, einreiben, ihr einen neuen Plastikbeutel auf dem Bauch befestigen, den Schleim aus ihrem Hals entfernen. Sie liegt nackt unter dem Laken und läßt alles mit sich geschehen, sogar ohne zu stöhnen.

Nur ihr Atemholen ist da, schwer, jeder Atemzug kommt einzeln, unregelmäßig. Während ich neben ihr sitze, denke ich einen Moment lang, daß dies das letzte Mal war, so lange dauert es, bis sich ihr Brustkorb wieder hebt.

Nachts kuschele ich mich an Ernsts warmen Körper.

23

Dienstags gehe ich nicht hin. Ich gebe mir einen Tag frei. Aber ich bin unruhig. Als ich am nächsten Morgen die Tür von Zimmer 14 öffne, bin ich einen Augenblick lang überrascht und glaube, daß sie sich selbst so hingelegt hat, zusammengerollt wie ein Kind, den Kopf tief in die Kissen gedrückt. Aber es waren die Krankenschwestern, die sie auf die Seite gelegt haben. Sie röchelt leise, nicht mehr so rasselnd wie das letzte Mal, als ich dort war, und sabbert ab und zu auf die Bettdecke. Friedlich. Ich bleibe eine Weile sitzen, ziehe die Decke etwas hoch, damit ihre Hand bedeckt ist.

Keine Veränderung, sagt die Krankenschwester. Wir entfernen den Schleim aus ihren Atemwegen, geben ihr ein bißchen Flüssigkeit und etwas zu essen und bewegen sie so wenig wie möglich. Sie sträubt sich nicht mehr, wenn wir sie waschen. Nach der Arbeit gehe ich noch einmal bei ihr vorbei. Sie liegt noch genauso da.

Ihre Wangen sind rot und heiß.

Meine Schwägerin und ich telefonieren miteinander. Keine Veränderung. Ich rufe meinen Geliebten an. Ich arbeite heute abend durch, sagt er. Ich gehe früh ins Bett, sage ich. Wir sehen uns dann morgen wieder.

Ich werde aus dem Schlaf geklingelt. Sofort weiß ich, daß es das Krankenhaus sein muß. Während ich nach dem Telefon taste, das neben meinem Bett steht, schaue ich auf die Uhr. Halb zwei. Hier ist das Prinsengrachtkrankenhaus. Ich rufe wegen Ihrer Mutter an, es tut mir leid, daß ich Sie um diese Zeit störe ... Es ist schlimmer mit ihr geworden, stelle ich fest.

Es ist einen Moment lang still am anderen Ende. Ihre Mutter ist gerade gestorben, sagt sie.

Ich weiß nicht, was ich sagen soll. Ein Wirrwar von Gefühlen und Gedanken. Es ist vollbracht, denke ich, wie in Großbuchstaben, als stiege, wenn jemand stirbt, eine archaische Sprache auf, die sonst nicht meine ist. Und einfältig: Ich habe ja gar keinen Mantel für die Beerdigung. Und: Nun ist sie allein gestorben, ohne daß ich dabei war. Und: Ausgerechnet an dem Tag, wo die Erstsemester das erste Mal kommen. Und: Ich habe keine Mutter mehr. Wir konnten Sie nicht früher anrufen, sagt die Krankenschwester. Es ist gerade erst passiert, vor ein paar Minuten. Sie atmete noch einmal tief und war sofort weg. Wollen Sie jetzt noch kommen, oder kommen Sie morgen früh?

Morgen früh, sage ich, wenn es recht ist.

Ja, sagt sie, dann haben wir noch Gelegenheit, sie zurechtzumachen.

Ich bedanke mich bei ihr für den Anruf, für die Pflege. Bestätige, daß es besser so ist, rede noch darüber, wie es auf sie wirkt, dort in der Abteilung, nachdem sie sie so viele Monate lang gepflegt haben. Es ist auch für uns immer wieder traurig, sagt sie, wenn man miterlebt hat, wie sie sich erholt zu haben schien und dann nach einigen Monaten wieder zurückkommt. Man gewöhnt sich nie ganz daran.

Als ich den Hörer aufgelegt habe, merke ich, daß meine Hände zucken und meine Knie zittern. Und es ist etwas da, mit dem ich nicht gerechnet hatte, eine überwältigende Stille. Eine dröhnende Abwesenheit, die ich nicht kenne. Sie war immer da. Immer. Auch wenn ich sie haßte und sie monatelang nicht sah. Auch wenn ich mich zu lösen versuchte, mich mühte, von ihr loszukommen. Immer war sie irgendwo und atmete. Sogar in den letzten Tagen, ganz in sich zurückgezogen, atmete sie, rasselnd, kämpfend. Nun ist nur das Sausen in meinem Kopf. Sie ist nicht mehr da. Meine Mutter ist tot. Die Nabelschnur ist zum zweitenmal, und endgültig, durchtrennt.

Ich versuche, meinen Bruder anzurufen. Sie nehmen nicht ab, das Telefon muß leise gestellt sein. Doch Ernst geht ans Telefon. Sie ist gestorben, sage ich. Gerade eben.

O je, sagt er, hast du dich sehr erschrocken? Es ist seltsam, nicht? Ja, nicke ich dem Hörer zu. Meine Stimme will nicht so recht.

Soll ich zu dir kommen?

Mach mal, piepse ich, bitte.

Ich ruf mir ein Taxi, sagt er.

Ich gehe zum Kühlschrank und nehme eine Flasche Weißwein heraus. Ich versuche daran zu denken, wie sie daliegt in ihrem Bett im Krankenhaus, an ihren Körper, aus dem alles Leben heraus ist. Es gelingt mir nicht, mir ihr Gesicht vorzustellen. Sie ist weg. Die Verbindung ist abgebrochen.

Kann ich einfach reingehen, frage ich die Krankenschwester. Sie nickt.

Soll ich mitkommen, fragt sie, oder wollen Sie lieber allein sein?

Allein, sage ich.

Sie liegt flach auf dem Rücken, sie haben ihr das Laken bis ans Kinn über den Körper gezogen. Ein zusammengerolltes Handtuch unter ihrem Kopf sorgt dafür, daß ihr Mund nicht aufsteht. Alle Farbe ist aus ihrem Gesicht gewichen, es wirkt wie aus Marmor, mit einem fahlgelben Schimmer.

Du kannst sie ruhig anfassen, sagt Ernst, der seine Hand an ihre Wange gehalten hat. Ich streichle über das feine graue Haar, das unter dem gesprayten und gefärbten Haar herausgewachsen ist. Es fühlt sich noch wie gestern an. Aber ihre Haut ist kalt. Kalt.

Mein Bruder kommt, meine Schwägerin. Wir weinen, einer nach dem anderen.

Sogar Ernst, der sie nur ein paarmal gesehen hat. Jemand bringt uns Kaffee, setzt sich dazu, um sich mit uns darüber zu unterhalten, wie sie gestorben ist. Sie nehmen sich die Zeit dafür, sind freundlich. Aber ich weiß auch, daß wir gleich das Zimmer räumen müssen, wie in einem Hotel, vor elf Uhr.

Ich gehe schon, sage ich. Ich werde ihre Sachen packen. Ein paar Bücher. Die Zeitungen können dableiben. Ich öffne den Schrank, packe eine Tasche, stopfe hinein, was mitgenommen werden muß. Den seidenen Pyjama, den sie nie getragen hat, ihre Morgenjacke. Ihre Unterwäsche lasse ich liegen, und die Pantoffeln, von denen einer kaputt war. Ich suche die Ringe und die Uhr zwischen den Sachen in ihrem Nachtschrank, zwischen den Eau de Cologne-Tüchern, der Medizin und den gehamsterten Zuckerwürfeln. Die ganze Zeit über liegt sie mit ihrem marmornen Gesicht auf dem Bett und sagt nichts.

Hast du alles? Ich reiche ihnen die Sachen. Gehe noch einmal wegen des Fernsehers zurück. Noch einmal wegen der Pelzjacke. Noch einmal, mit leeren Händen, um zum letztenmal ihre kalten Wangen zu berühren und ihr feines Haar.

Draußen blinzeln wir ins Septemberlicht, als ob wir aus dem Kino kämen. Die gestreifte Bluse, die sie jetzt trägt, die ist schon gut für die Beerdigung, habe ich zur Krankenschwester gesagt.

Ernst macht Kaffee für uns, in ihrem Haus, während wir überlegen, was getan werden muß.

Nie hat sie über ihren Tod gesprochen, trotz der Anspielungen, die sie über die Zeit machte, wenn sie einmal nicht mehr sein würde. Gibt es ein Testament? Wollte sie begraben oder verbrannt werden? Mein Bruder ruft den Notar an. Es hat ein Testament gegeben, aber das habe sie wieder zurückgezogen. In ihrem Haus suchen wir nach Unterlagen. Ich finde die Rechnung von der Beerdigung meiner Großmutter, bezahlt von meiner Mutter. Ich glaube, daß es das ist, was sie sich auch für sich selbst wünscht. Gewünscht hat. Gewünscht hätte, sage ich. An die richtigen Zeitformen muß ich mich noch gewöhnen. Wir rufen den Beerdigungsunternehmer an. In einer Stunde ist er da. Die Entscheidungen: Was für einen Sarg? Was für ein Grab? Der Text für die Karten, wie viele Umschläge?

Massive Eiche, schlage ich vor. Keine furnierte Spanplatte. Sie empfand meine Bücher – alles Paperbacks – nie als richtige Bücher, weil sie nicht wie ihre Konsaliks gebunden waren. Und ein Grab für sie allein. Auf dem Zorgvlied-Friedhof. Ich kenne Zorgvlied, es ist ein alter Friedhof, nicht so kahl und rechteckig wie neuere Friedhöfe, persönlicher.

Wir haben wenig Zeit, um über den Text der Karten und Anzeige nachzudenken. Ich lasse «von uns gegangen» streichen und mache «gestorben» daraus. «Zu unserer großen Trauer» bleibt. Wir rufen ein paar Leute an. Die Reinemachefrau schluchzt, daß sie es so schlimm fände. Eine frühere Freundin meiner Mutter wußte nicht einmal, wie krank sie war. Und nun auf einmal gestorben, so schnell?

Wollen Sie selbst einen Platz aussuchen? Mein Bruder zögert. Laß es uns machen, sage ich. Ich möchte den Platz selbst aussuchen, und den Stein auch. Ich möchte, daß sie getragen wird, während wir ihrem Sarg folgen, ich möchte, daß der Sarg hinuntergelassen wird, während wir dabei sind.

Wollen Sie die Musik aussuchen? Auch das. Ernst hilft, denn wir wissen nicht, was wir auswählen sollen, was für Musik es denn sein muß. Klassisch, das fand sie schrecklich. Ernst sieht sich die wenigen Platten an, die sie besitzt. Ist dies nichts, fragt er und legt die Schallplatte auf: ein melancholisches, verjazztes

«On the Windmill of Your Mind». Ich finde noch eine verswingte Version von «Bist du bei mir».

Der Mann, der uns das Grab verkaufen soll, zeigt uns die Plätze. Nennt Preise und Klassen, Maße und Regeln, die die Steine und die Särge erfüllen müssen.

Ich lese die Namen auf den Steinen, christliche Namen, jüdische Namen: Sajet, Levi, Isaacs. Der vierte, freie Platz liegt gegenüber einem bunten Stein mit einem Mosaik in blau, gelb und rot. Es gibt Leute, die so etwas mögen, sagt der Mann. Ich höre die Stimme meiner Mutter: Kind, zieh dir doch mal etwas Buntes an, du immer mit deinen düsteren Sachen, als ob das Leben nicht schon traurig genug wäre.

Dieser, sage ich. Hier.

Foto: Ine van den Broek

Anja Meulenbelt, geboren 1945 in Utrecht, studierte Sozialwissenschaften in Amsterdam, wo sie heute als Dozentin und freie Journalistin tätig ist. Anja Meulenbelt zählt zu den Begründerinnen und führenden Kräften der holländischen Frauenbewegung. In Deutschland wurde sie durch den großen Erfolg ihres feministischen Schlüsselromans «Die Scham ist vorbei» bekannt. 1985 erschien, wiederum mit starker Resonanz, der Roman «Die Gewöhnung ans alltägliche Glück» in deutscher Übersetzung.

Anja Meulenbelt

Bewunderung
Roman
Deutsch von Helga van Beuningen
192 Seiten. Kartoniert
Die Bestandsaufnahme des Feminismus der 80er Jahre und ihres eigenen Lebens: Anja Meulenbelts Roman regt an, über die Möglichkeiten und Chancen für Frauen nachzudenken, denn «das eigentliche Verändern beginnt erst jetzt.»

Ich wollte nur dein Bestes
Roman
Aus dem Niederländischen
von Silke Lange
144 Seiten. Kartoniert
«Sie wollte Schriftstellerin werden, nicht schreibende Feministin sein, hat sie einmal geäußert. Mit diesem Buch hat sie ihr Ziel erreicht.»
Maria Frisée, FAZ

Die Gewöhnung ans alltägliche Glück
Roman
Aus dem Niederländischen
von Silke Lange
160 Seiten. Kartoniert

Scheidelinien
Über Sexismus, Rassismus und Klassismus
Aus dem Niederländischen
von Silke Lange
336 Seiten. Kartoniert

Zwischen zwei Stühlen
Standortbestimmung einer kritischen Feministin
Deutsch von Helga van Beuningen
rororo sachbuch 8480

rororo

C 2342 /1

Hannah Green

Ich habe dir nie einen Rosengarten versprochen
Bericht einer Heilung
rororo 4155

Mit diesem Zeichen
Roman
rororo 4869

Wenn es Sommer wird
Erzählungen
rororo 4992

Ohne sich zu berühren
Erzählungen
rororo 5661

Eine Zeit wie im Paradies
Roman
rororo 5901

Herbstzeitlose oder Glückliche Fügung?
Roman
rororo 12186

Landleben
Roman
rororo 12396

rororo

C 2062/7